文春文庫

耳袋秘帖

南町奉行と火消し婆《ばばあ》

風野真知雄

文藝春秋

耳袋秘帖　南町奉行と火消し婆《ばばあ》●目次

耳袋秘帖

南町奉行と火消し婆《ばばあ》

序章　火炎の町

「今日、お奉行《ぶぎょう》が評定所《ひょうじょうしょ》の会議で、ご老中《ろうじゅう》から叱責《しっせき》されたというのは本当か？」

と訊《き》いたのは、南町奉行所同心の土久呂《どくろ》凶四郎《きょうしろう》である。

「ああ、本当だ。誰に訊いた？」

訊き返したのは、根岸《ねぎし》家の家来の宮尾《みやお》玄四郎《げんしろう》。

評定所まで根岸肥前守鎮衛《ひぜんのかみやすもり》の供をしたのは、宮尾と、同心の椀田《わんだ》豪蔵《ごうぞう》で、もちろん二人はそんなことを他言するわけはない。

「北の中島《なかじま》だよ」

と、凶四郎は話の出どころを明かした。

非番だった凶四郎は、久しぶりに八丁堀《はっちょうぼり》の役宅にもどった際、古い友だちである北町同心の中島左之助《さのすけ》と出会い、そのことを聞いたのだった。中島は北町奉行の小《お》田切土佐守《だぎりとさのかみ》の供で、評定所に行っていたのだ。

「ああ、中島からか。そうなんだ、叱《しか》られたんだよ」

宮尾は悔しげにうなずいた。

「夏場だというのに、今年は火事が多いからだって？」

「そう。町方《まちかた》がなんとかしろとさ」

叱られたのは、根岸一人ではなく、小田切も同じなのだが、

「叱ったのは水野《みずの》さまか？」

と、凶四郎は訊いた。

「ああ」

老中の水野忠成《ただあきら》は、つねづね根岸に対して厳しく当たってきた。この数年、風当りはますます強くなってきている。

「火盗改《かとうあらた》めは叱られないのか？」

「あっちは火付けだけだからな。それに、町火消《まちびけ》しは町方の管轄だ」

「それで、お奉行は？」

「全力をあげますとしか言えないだろう」

「そりゃ、そうだ」

確かに今年は夏場の火事が多い。それには、夜専門の見回りをしている凶四郎も、

いささかの責任は感じている。

しかし、町人地《ちょうにんち》だけでなく、武家地《ぶけち》からの出火もあるのだ。

「だが、町人地は狭いし、家が密集している。しかも、狭い台所で、皆、火をつかわざるを得ない。どうしたって、火事は出るよな」

と、宮尾は言った。

「策はあるのか？」

「特効薬のような策は、あるわけがないだろう。とりあえず、明日、町年寄《まちどしより》たちとも打ち合わせをするそうだ」

町年寄とは、江戸の自治組織の頂点にあって、およそ二百人ほどいる町名主《まちなぬし》を司《つかさ》どっている者たちのことで、奈良屋市右衛門《ならやいちえもん》、樽屋藤左衛門《たるやとうざえもん》、喜多村彦右衛門《きたむらひこえもん》の三人が、代々、この役を引き受けている。

「江戸に火事はつきものなんだよな」

と、凶四郎はうんざりしたように言った。

じっさい、江戸はしばしば大火に襲われた。

当時、世界中を見ても、こんなにしょっちゅう焼け出される都市はない。

「だが、火事を喜ぶ連中だっているんだからな」

と、宮尾は言った。

「そうなんだよ。弱ったもんだよな」

これは相当数いた大工や鳶《とび》、左官、それに材木屋などである。彼らは、火事が起きるたび、家を建て直すため、仕事や収入が増えたのである。

といって、火付けは大罪だから、わざと火をつける者は多くない。だが、火付けを見て見ぬふりをしたり、燃え移るまで黙って見ていたりする連中はいた。そいつらは、

「これでしばらく仕事にありつけるぜ」

と、笑いながら炎から逃げていたりする。

それを思うと、凶四郎も宮尾も、むなしい気持ちにさえなってしまうのだった。

いま、凶四郎と宮尾がいるのは、元数寄屋町《もとすきやちょう》一丁目にある飲み屋である。店に名前があるのかどうかは、二人とも知らないが、

「お糸《いと》のところ」

で通じる。

南町奉行所からは、すぐのところだが、あまりに殺風景な店で、同心たちはほとんど来ない。中間《ちゅうげん》たちがたまに来るくらいらしい。

去年の暮れに、たまたま二人で来て飲み、以来、三、四回ほど来ている。いつ来

ても、客は少なく、今宵《こよい》は途中で三人が帰ってからは、凶四郎と宮尾の二人しかいない。

細長い造りの店で、お濠に面した片側は、障子の窓がつづいている。ここに、お濠に沿って植えられた柳の木の影が映り、風が吹けば葉先が当たって、さわさわ、さわさわという音が、なにかのつぶやきのように聞こえていた。

店を仕切るお糸は、三十に少し前くらいか。色が白く、たいそうな美人なのだが、客のあいだでいつしか、

「お糸は、この世の人ではない」

という噂が囁かれるようになった。

表情が寂しげ、話し方がもの静か、いくら飲んでも酔わない、誰が口説《くど》いても応じない、そして、どこから通って来ているのか、誰も知らない……そんな諸々から出て来た噂なのだろう。

そのお糸が、店の隅に腰かけたまま、

「なにをそんなに深刻そうに話してるんですか？」

と、声をかけてきた。やさしげだが、瀕死《ひんし》の病人になったみたいな気にさせる暗さもふくんでいる声である。

「お糸さんの話じゃないよ」

宮尾が答えた。

「あら。あたしの話もしてくださいよ」

「なんて？」

「きれいだとか、嫁にしてもいいとか」

「それは考えたこともなかったな」

と、宮尾は甘栗の殻でも捨てるみたいにすげない。

――こんなきれいな女なのに。

凶四郎は苦笑して、首をかしげる。たぶん、あの噂は本当なのだろう。曰《いわ》く、宮尾は美人には興味がない。むしろ不美人を好むのだと。

――変なやつだよな。

そう思うが、しかし、面白い男ではある。

「じつは火事の話をしていたんだよ」

と、凶四郎が言った。

「火事の話ですか。そういえば、多いですよね。夏場なのに」

「そうなんだよ」

「昨日もお客さんが、火事も多いし、火の怪《あや》かしも多いって言ってました」

「火の怪かし？」

凶四郎はドキリとした。そんな話を、ちらほら耳にはしていたのである。

「そう。そのお客さんは、釣瓶火《つるべび》を見たって」

「ああ、あれな」

と、宮尾はうなずいた。

「釣瓶火って、井戸のところに出るのかい？」

凶四郎は宮尾に訊いた。

「そうとも限らないらしい。釣り下がったみたいなかたちをしてるところから名づけられた怪かしで、崖の淵《ふち》んとこに出たりするそうだ」

宮尾は、根岸の次くらいに、その手のことに詳しい。

「そのお客さんは、谷中《やなか》の崖のところで見たと言ってました」

と、お糸は言った。

「そうなのか」

凶四郎は、ふと障子窓に目をやった。

柳の葉の影が、人の指先のように、ちらちらちらと動いていた。これが赤ければ、炎に見えるかもしれない。

いつの間にか、お糸が二人のそばに来ていて、

「怪かしのせいで火事になってるんですってね」

と、言った。

「それはどうかな」

「でも、江戸って火の怪かしが多いじゃないですか」

「そうらしいな」

凶四郎が障子窓に目を向けたままで言った。

柳の木の影が、おいでおいでをしているようなのだ。一瞬、立ち上がって、どこかへ行ってしまいたい気分に襲われる。

「狐火《きつねび》でしょ、姥《うば》が火《び》もあれば、ふらり火というのも」

お糸が火の怪かしを数え上げると、

「海には、不知火《しらぬい》も出るな」

と、宮尾が言った。

「それから提灯火《ちょうちんび》、蓑火《みのび》」

お糸がつづけ、

「火車《かしゃ》というのは凄《すご》いらしいな」

宮尾が言った。

そのとき、すうっと、店の火が消えた。

さっきから、ろうそくの炎がちらちらしていた。短くなっていたのが、とうとう燃え尽きたのだろう。

闇に包まれた。

だが、障子窓は、悪い顔色みたいに白い。

替えのろうそくを探しながら、お糸が弾んではいるが、小声で言った。

「そうそう、火消し婆《ひけばばあ》もいましたね」

「火消し婆……」

凶四郎は、なにものかに、耳の裏あたりへ息を吹きかけられたような気がした。

第一章　京都の宗源火

一

「〈徳州屋《とくしゅうや》〉は知っているよな、根岸」

と、言ったのは、南町奉行根岸肥前守鎮衛の盟友でもあり、江戸の舟運《しゅううん》業界の大《おお》立者《だてもの》でもある五郎蔵《ごろぞう》だった。夜になってから、とれたての大きな桜鯛《さくらだい》を持って、奉行所裏の私邸のほうに訪ねて来たのである。

「廻船問屋の徳州屋か？」

根岸は猪口《ちょこ》を持った手を止めて訊いた。

「ああ。近ごろは薬種問屋のほうもずいぶん儲かっているみたいだがな」

「そうみたいだ」

「その徳州屋だが、あそこはあぶねえぜ」

「ほう。なにかあったか？」

「このあいだ、やつの船が品川沖《しながわおき》に入って、うちが艀《はしけ》を出し、深川《ふかがわ》の佐賀町《さがちょう》にある店まで荷揚げをしていたんだが、あるじの金左衛門《きんざえもん》が付き添って、一箱だけは別に抱えて、いなくなっちまった」

「なるほど」

「おれが直接見たんだ。やけにこそこそしてやがった。ありゃあ、相当のお宝だぞ」

「それはいいところを見てくれたな」

と、根岸は嬉しそうに笑った。

五郎蔵は、百艘を超す艀や荷船を持ち、多くの船頭を使っている。その船頭たちは、船の上から見かけた巷《ちまた》のさまざまな異変を世間話のように語り、五郎蔵がとくに怪しいと判断したものは、こうして根岸に教えてくれるのだ。

「アヘンかな、根岸？」

「どうかな。アヘンはいま、津軽《つがる》産のものが江戸に来ていてな」

「そうらしいな」

津軽藩では、藩ぐるみでアヘンの元になるケシの栽培がおこなわれ、それが薬として入って来ているため、町方でも神経を尖らせているのだ。

「徳州屋も当然、蝦夷《えぞ》や津軽にも船を出しているだろうから、あり得るかもしれぬな」

　五郎蔵の酒がなくなったのを見て、根岸は台所にいる女中に、お燗《かん》の追加を頼んだ。江戸ではふつう、夏でも酒はお燗をして飲む。根岸も、冷や酒はあまり身体に良くない気がしている。

　その、追加された酒を一口飲んで、

「あんたも徳州屋には、目をつけていたんだろう？」

と、五郎蔵は訊いた。

「本所《ほんじょ》深川回りの椀田豪蔵が以前から目をつけていたよ」

「ああ、椀田さんがな」

と、五郎蔵はうなずき、

「それでな、根岸。その徳州屋から、おれは招待されているんだ」

「料亭にでも招かれたのか？」

「そうじゃねえ。深川の仙台堀《せんだいぼり》に面したところにあるあいつの出店で、おとな花火の宴というのをやるんだそうだ」

「おとな花火？」

「面白そうだろう？」

「ああ。どうせ色気たっぷりなんだろうな」

「それには、番頭《ばんとう》か手代《てだい》を二人、連れて来てもいいと言われているんだ。どうだ？　あんたのところから二人、出してみるかい？　うまくいけば、徳州屋の悪事の尻尾を摑《つか》まぬまでも、垣間見るくらいはできるかもしれねえぞ」

「それはありがたい申し出だ。では、椀田と誰かを……」

根岸がそう言いかけると、

「いやいや、椀田さんは駄目だ。もちろん優秀な同心だというのはおれもわかっている。だが、あの人は巨体で目立つから、徳州屋も顔を見知ってしまっているに違いねえ」

「そうか。では、土久呂凶四郎はどうだ？」

「ああ、あの人ならいいかもな。宴は夜だ。あの人はなんとなく夜に溶け込む感じがあるからな」

「夜に溶け込むか。それはよく言ったもんだ。だが、土久呂に言ったら、がっかりするかもな」

凶四郎は、夜眠れないことに悩み、根岸の依頼で夜専門の市中見回りに従事している。望んで起きているわけではなく、夜、寝たくても眠れないのだ。当人は、ふつうの暮らしにもどりたいはずなのである。

「おいおい、内緒にしといてくれよ」

「ふっふっふ。わかった、わかった」

「それにしても、あんたも忙しいな。力丸《りきまる》さんも寂しがっているだろう」

「……………」

根岸の表情が、友だちと別れた少年のように翳《かげ》った。

「おい、どうした？」

「うむ」

なんでもないとは言わない。

「なにかあったのか？」

「いやな。あの人も、そろそろいい男を見つけて、嫁におさまったほうがいいのかなと思ってな」

「どうしたんだよ？」

「なあに。このところしばらく会えてないからさ。わしが、深川でいちばんの売れっ子芸者を待たせておけるような男か？　あんただって、おれは昔から、たいしてもててはいなかったことくらい、知っているだろうよ」

「もてなかったのは知っているが、あんたといったん付き合ったら、まず別れたいとは思わねえよ。ちゃんと見る目がある女ならな」

「そうかな」

「十日ほど前も、深川の宴会で会ったけど、力丸さんは、ぜったいそんなことは思っちゃいねえ」

「ほんとか」

「保証する」

「だといいのだがな」

根岸はやはり、単純には喜べない。

二人だけの酒盛りは、深更までつづいた。

二

徳州屋の本店は、霊岸島《れいがんじま》の新川《しんかわ》にある。

酒問屋に挟まれて、間口は五間（約九メートル）と、商売の大きさに比べたら、さほど大きくはない。が、ここでなにかを売るわけではない。商売の元になる廻船は、皆、海の上だし、ここはそれらの管理と、取引相手との打ち合わせに使われるだけだから、これで充分過ぎるくらいなのである。

そのかわり、店の前に蔵が二棟あり、ほかに深川仙台堀沿いの伊勢崎町《いせざきちょう》にも、蔵三棟がある出店と、日本橋通二丁目には薬種問屋としての徳州屋があり、こちらは間口六間（約一〇・九メートル）の店だが、入手しにくい薬種を揃《そろ》えて、このところかなり繁盛している。

五郎蔵が招かれたのは、深川伊勢崎町の出店のほうである。

鉄砲洲《てっぽうず》の家から、土久呂凶四郎と岡《おか》っ引《ぴ》きの源次《げんじ》を供に、船で伊勢崎町にやって来た。

凶四郎は髷《まげ》も町人ふうに結い直し、着流しに信玄袋を持っている。一見すると武器らしいものは持っていないが、信玄袋に手裏剣を五本ほど潜ませている。

源次のほうは、いつもと変わらないが、尻はしょりはせず、十手《じって》も持っていない。が、やはり手にした信玄袋には、念のために捕り物用の縄と、つぶてとして使う小石を五、六個忍ばせてある。

暮れ六つ（午後六時）から店に招待客を入れ始めた。

「これは五郎蔵さん。お越しいただきありがとうございます」

と、徳州屋が店の前で挨拶した。

「いやいや。おとなの花火とは楽しみだよ」

五郎蔵は、からかうような笑みを浮かべて言った。

連れの身元を確かめたりはせず、凶四郎と源次もすんなりなかに入った。

招待客は次々にやって来ている。

五郎蔵が前もって訊いたところでは、招待されたのは五十人ほど。だが、それぞれ供の者を一人か二人連れて来るので、百数十人くらいになるという。かなりの人数で、ふつうの料亭などでは、これだけの人数は収容できない。

会場は庭になっているらしい。その庭は、店のなかを通り、裏手の蔵のあいだを抜けた先に広がっていた。

「ほほう」

五郎蔵は目を瞠《みは》った。

表の間口は四間（約七・三メートル）ほどだから、庭はせいぜい三、四十坪もあればいいだろうと思いきや、奥は横に広い庭になっていた。

どうやら、表に向いた五、六軒分の店々の裏手を買い取るかして、徳州屋の庭として広げたらしい。横長だが、三百坪ほどの広さの庭になっていた。

「こりゃあ、立派な庭だ」

と、凶四郎も言った。

裏は大名屋敷のはずである。その庭の巨大な樹木が繁り、手前の徳州屋の樹木も、あいだの塀を隠して繁茂しているので、山を背負っているようにも見える。

細長い池がつくられ、石燈籠から洩れる明かりで見えるだけでも、かなりの数の鯉が飼われているらしい。

池のなかの石燈籠だけでなく、方々に大小さまざまの石燈籠があり、それぞれに小さなろうそくが灯されているので、足元に不安はない。

また、庭の手前には竹の縁台がずらりと並べられ、ほかにも方々に、畳一畳分ほどの縁台がいくつも置かれていた。

「へえ」

源次もため息を洩らした。

だが、それは庭の立派さに感心したというより、あちこちにたむろする浴衣姿の若い娘たちのあでやかさに気を取られたからである。何人いるのかと、源次は娘たちをざっと数えたところ、およそ二十人ほどである。娘たちはいずれも愛らしく、客を迎えるための色気を、芬々《ふんぷん》とまき散らしていた。

百数十人の客はすべて庭に入ったらしい。

それでも、さほど狭い感じはしない。

ほとんどは商人たちだが、武士もちらほらといる。あるじと家来で、五、六組ほどか。一か所に固まったりはしていないので、皆、知人同士ではないらしい。

「えへん、えへん」

わざとらしい咳払《せきばら》いがした。

徳州屋金左衛門が庭の真ん中に現われた。

手代二人が、明るい提灯を両側からあるじの足元に向けているので、徳州屋は舞台の上に立ったみたいに見える。

徳州屋の挨拶が始まった。

「本日は、この徳州屋のためにわざわざお越しいただきありがたい限りであります。図々しい徳州屋だから、なにか魂胆とか、お願いごとがあるのかと思われた方もおられるでしょうが、決してそんなことはありません。しいて申せば、今後とも、これまでどおりお引き立てのほどをというくらいであります。さて、今宵はいつもお世話になっているお礼として、夏の一夜をゆったりとお楽しみいただきたい。もちろん、酒と、食いものは充分に用意してあります。酒は、伊丹の〈剣菱《けんびし》〉、料理は浮世小路《うきよこうじ》の〈百川《ももかわ》〉から、お重をたっぷり取り寄せてあります」

と、そこで、勿体ぶったような間を置いて、

「さらに、もう一つ、趣向を用意いたしました。じつは花火をたくさん用意してあります。この花火を、庭のあちこちにいる若い娘たちと楽しんでもらいたい。なんだ、花火かよとがっかりした方もおられましたかな。だが、想像していただきたい。娘と向き合って、かがんで花火をすると、どういうことになるか。娘もしゃがみ込めば、ついつい、裾《すそ》が割れてしまいますわな。そこへ花火の明かりが差し込むわけです。いったい、どういう景色を見ることになるか、ふっふっふ……」

そこまで言うと、客のあいだにざわめきが起きた。ざわめきには、男の喜びと期

待が混じっている。

「どうりで女の客がいないわけだよ」

などという声も聞こえた。

当の娘たちは、にこにこと微笑んでいる。

「景色については、詳しくは申し上げずにおきましょう。ぜひぜひ、花火が尽きるまで、存分にお楽しみいただけたらと思います」

徳州屋の挨拶はそれで終わった。

それから、まずは同行した手代だの家来たちが、あるじの分の、酒とお重を取りに動いた。酒とお重は、蔵が一棟、それだけのために開放され、酒は割ったばかりの樽から、小さな升《ます》に汲んでくれる。重箱はこぶりのものだが、それは要るだけ、持って行ってかまわないらしい。

源次が、升酒三つとお重一つを持って、五郎蔵が腰かけている縁台まで運んだ。

五郎蔵は、すでに旧知の友人を見つけたらしく、親しげに話し込んでいる。徳州屋自慢の趣向には、たいして興味はないらしい。

「あんたたちは、勝手にしたいことをしていていいよ。おれは友だちと話して、適当に引き上げるから」

五郎蔵がそう言ってくれたので、凶四郎と源次は礼を言い、勝手にさせてもらことにした。

「源次。おいらは、怪しそうなやつらに近づいて、盗み聞きに励むことにする。お前はとりあえず、花火を楽しみなよ」

「いやあ、まさかこういうことがあるとは思っていませんでした」

「お大尽《だいじん》の好きそうな遊びだぜ」

「そうなんですか」

源次は呆れたように首をかしげた。

「おめえはもてるから、こんな遊びはしなくてもいいだろうけどな」

源次は、もともと吉原《よしわら》界隈で駕籠《かご》かきをしていたくらいだから、悪所の遊びも体験しているだろうし、女にもてるところは、凶四郎も何度か垣間見てきた。

「いや、もてるってほどじゃねえですが、自分の惚れた女がこんなことをさせられていたらがっかりですよね」

「まあな」

凶四郎は苦笑した。

だが、大半の男たちは争うようにして、娘たちと花火を始めている。

徳州屋金左衛門も、大声を上げながら、客の一人になったみたいに、花火を娘の膝に向けている。自分でもかなり気に入った趣向なのだろう。娘たちも裾を押さえたりはせず、わざと裾を割っているのは明らかだった。

「あ、見えた」

「やあだぁ」

あちこちで、そんな醜態が繰り広げられている。

やがて、男たちの顔は赤く、てらてらと脂ぎってきた。

宴が始まり、四半刻《しはんとき》(約三十分)ほど経ったころ——。

「なに、これ!」

「きゃあ」

突如、悲鳴が上がった。

庭のいちばん奥。池の上の闇に、奇怪なものが出現した。

顔である。顔が闇のなかに、浮かんでいた。

しかも、ただならぬ大きさである。

およそ二間(約三・六メートル)ほどはあろう。

不気味なくらい真っ赤な色をしている。

太い眉《まゆ》で毛が目にかぶさるくらいふさふさしている。大きなぎょろ目で、黒目がやけに小さいので気味が悪い。小鼻の膨らんだ大きな鼻。やはり大きな口は、歪んだかたちで開けられ、牙のような歯が見えている。

凶四郎は、一瞬、馬鹿でかい提灯なのかと思った。

しかし、その顔が、見得でも切るみたいに、庭全体を右から左へ睨《にら》み回した。黒い目玉がぐるぐる動いている。

――提灯などではない。

と、思い直した。

――だったら、なんなんだ、あれは？

怪しいできごとは、疑ってかかる習慣がある。根岸の薫陶《くんとう》のたまものである。

それでもこれは、頭を混乱させるほどの怪しさだった。

――もっと、よく見よう……。

凶四郎は、いちばん遠くのほうにいたため、顔のほうへ近づこうとしたが、向こうにいた客や若い娘たちが、いっせいにこちらへ逃げて来た。

「た、助けて」

凶四郎にしがみついてくる娘もいる。

「どいてくれ」

だが、逃げ惑う客たちで、身動きが取れない。

凶四郎は、この怪かしの正体を見極めようと、じっと見つめたが、同時に徳州屋金左衛門にも視線を向けた。

すると、徳州屋はひどく慌てたように、母屋の奥へ引っ込んでしまった。

——ん？

凶四郎は、燃え上がる顔の怪かしに目を向けつつも、徳州屋の後を追おうとした。が、庭の騒ぎがひどすぎて、やはりそっちにも気を取られてしまう。おりしも、大きな顔の怪かしは、ぼおぼおと燃え始めたのだ。

巨大な炎の玉ができた。

——徳州屋は逃げてしまったのか？

と思ったとき、徳州屋は再び姿を見せた。

今度はさっきよりも落ち着いている。

片手を懐に入れ、燃え上がる怪かしを睨みつけている。

——なんだろう？

家の奥でなにがあったのか。

だが、それについて深く考えている暇はない。突如、燃えていた顔が、と、四方八方に破裂でもしたように激しい火花をまき散らしたのである。

シュパパパーッ。

「きゃあ」

火花は、矢のように飛び交っている。凶四郎のいるあたりにも、火が飛んできた。

かすかに油のような臭いがした。

さらに、飛び散った先で、燃え広がっていく。

「火事だ！」

何人もが叫んだ。

隣家の屋根が燃えていた。

化け物騒ぎが、いつしか火事騒ぎに変わっていた。

三

火事は燃え広がる前に、どうにか消し止めることができた。

だが、一時は大騒ぎだった。

町火消しの本所深川六組の火消しの衆が駆けつけて来て、消火に当たった。また、周囲には大名屋敷も多く、すぐ裏の福岡藩《ふくおかはん》の下屋敷や、道を挟んで隣になる仙台藩《せんだいはん》の蔵屋敷、さらにこのあたりではいちばん広大な関宿藩《せきやどはん》の下屋敷からも、応援があった。

幸い、深川は水が豊富である。目の前の仙台堀からも水が汲まれ、徳州屋の庭にも池があって、その水も消火に利用された。もしもこれが、神田あたりで起きたことなら、大火になったはずだが、どうにか四半刻ほどの消火活動で、鎮火に至ったのだった。

「徳州屋を探るはずが、とんだことになりました」

と、昨夜の一部始終を凶四郎は根岸に報告した。凶四郎は、あのあとしばらくは、消火活動を助けなければならず、徳州屋を探るという目的はそっちのけになってしまったのだった。

「まあ、燃え広がらなくてよかったわな」

と、根岸は言った。

深川でも、番屋の火の用心が強化されていて、そんなさなかに大火になれば、町方の失態と責められかねないのだ。

「こんなときですので、とにかく火を消そうと必死でした」

「それにしても、火事の理由がな」

根岸は眉をひそめた。

「ええ。あれは、なんだったのでしょう?」

凶四郎はもちろん、源次も、そして帰ろうとしていた五郎蔵も、あの巨大な顔を目の当たりにした。

あとで、話し合ったりもしたのだが、たしかに見たはずのものが、あまりに奇怪過ぎて、三人ともまるで悪夢でも見たような思いが抜けない。肝の太いことでは根

岸も一目置く五郎蔵でさえも、

「ゾッとしたよ」

と、語っていた。

「うむ。そなたの話からすると、それは京の西にある壬生寺《みぶでら》に出没したという宗源《そうげん》火《び》と呼ばれた怪かしのようじゃな」

「宗源火……」

「盗みをした僧が、バチが当たって鬼火《おにび》になったものとも言われている」

「なるほど」

と、凶四郎はうなずいた。そう言われれば、あの顔はそんなふうにも見えた。

「江戸では知る人は少ないだろう。だが、すでに亡くなったが、鳥山石燕《とりやませきえん》という絵師も、百鬼夜行《ひゃっきやこう》を描いた書物に入れていたはずだ」

「では、本物の怪かしなので？」

凶四郎が訊くと、根岸は苦笑して、

「そんなわけはあるまい。なにかの仕掛けだろう」

「徳州屋が仕掛けたのでしょうか？」

「どうもそうではなさそうだな」

「ええ。わたしもそう思います。ただ、あの怪かしが出没したときのようすがおかしかったのです……」

と、凶四郎は目撃したことを語った。

「ほう。一度、奥に引っ込んでな」

「ええ。逃げたかと思ったのですが」

「すぐにもどったわけか」

「抜け荷の品の無事でも確かめたのでしょうか。店の奥まで潜り込めるとよかったのですが、なにせ火事になってしまったので」

「ま、それは仕方あるまい。そなたはよくやったよ」

と、根岸は凶四郎をねぎらい、

「怪かしの仕掛けについては、雨傘屋《あまがさや》に調べさせるとよいな」

「わかりました。もう一度、徳州屋に行きますので、あいつに現場を見てもらいます」

「それと、しめさんには、宴に出ていた若い娘のほうから探ってもらうかな」

「はい」

「そなたは、宴に出ていたという者の名簿のようなものがあれば、入手しておいてもらいたい」

「わかりました」

それは、源次に手伝ってもらえば、なんとかなりそうである。

「それにしても、お奉行、なんでまた、京都の怪かしが？」

「わざわざ江戸に下って来たのだろうな」

根岸は面白そうに首をかしげた。

四

「町方にはご遠慮いただきたいのですが」

と、徳州屋金左衛門が言った。

深川伊勢崎町の徳州屋の前である。

昨夜の火事では、蔵のほうは壁が少し煤《すす》けたくらいで被害はなかったが、店は半分ほどが焼け落ちてしまっている。

「遠慮というと？」

町奉行所の、町火消し人足改め与力《よりき》である佐野《さの》健蔵《けんぞう》が訊き返した。ほかに、同心二名に中間三名、凶四郎に雨傘屋がいっしょである。

「つまり、ご検分していただかなくて結構です」

「そんな馬鹿な」

と、凶四郎は言った。二刻（約四時間）ばかり熟睡したあとで、同心姿に着替えている。昨夜、五郎蔵のところの若い衆を装ってここに来ていたことは言わないし、徳州屋も気づいてはいない。

「ですが……」

「火事場の検分は町方の仕事だぞ」

と、佐野健蔵が言った。

「しかし、昨夜の火事については火付けの疑いがあるということで、火盗改めのほうで検分をしていただくことになりまして」

「なに？」

「あ、いらっしゃったようです」

火盗改めの連中が来た。といっても、武士は二人だけで、あと二人は中間である。

先頭にいる武士のことは、よく知っている。多和田盛右衛門《たわだもりえもん》といって、火盗改めの長官である大林親中《おおばやしちかなか》の家来ではなく、老中から大林のところに与力として派遣されている男だった。押し込みや、火事の現場で、何度も顔を合わせたことがあるが、いつもこっちを見下したような態度を取り、現にいまも、

「なんだ、夜回りもいるのか」

凶四郎を見ると、鼻でせせら笑った。

「あんたの出番じゃねえだろう。このなかから出た火事だとはわかってるんだ。つ

まり、火付けじゃねえってことだ」

と、凶四郎も引かない。身分は向こうが上だが、職場が違うのだから知ったことではない――と、解釈している。

「火付けじゃなければ、化け物のしわざだというのか。ははあ、根岸さまは、また『耳袋《みみぶくろ》』にでもお書きになるつもりかな」

多和田はからかうように言った。

「馬鹿な。お奉行は、化け物とは思っちゃいねえ」

「だったら、誰かが入り込んで、大きな花火でもやったんだ。それは、火付け以外のなにものでもない。帰んな」

多和田はそう言って、徳州屋のなかに入って行った。

「そういうことですので」

徳州屋は薄笑いを浮かべながら、頭を下げた。

五

「どうやら、徳州屋が探られたくなくて、いろいろ手を回したようです」

凶四郎が根岸に報告した。

佐野健蔵たちには、焼けた隣の店のほうの検分をしてもらい、凶四郎が急いで奉行所へ飛んで来たのだ。

「よし。わしが出向こう」

根岸自らが、徳州屋に向かった。

「な、なんと……」

思いがけない南町奉行の登場である。

徳州屋もさすがに入るなとは言えない。

まだ検分すら始めておらず、焼け残った母屋のほうで、茶を飲み饅頭など食していた火盗改めの多和田も、

「これは根岸さま」

と、仰天し、畏《おそ》れ入った。

「火盗改めが調べたければ、調べればよい。だが、昨日の火事には町火消しも大勢出動している。すなわち、町方の管轄になったということ。異論があるなら、わしが直接、大林親中どのと話をつけるぞ」

根岸は、火盗改めの長官の名を出した。

「ううっ」

老中の水野の命だと言いたいのだろうが、さすがに名前は出しにくいらしい。

「こっちです」

凶四郎が先に立った。

徳州屋の庭は、表からは建物のなかを横切って行かないと出られない。

「ここです。そこに出たのです」

と、凶四郎が長い池の端の、空中を指差した。

「なるほど。面白いところに出たな」

根岸は周囲を見回し、

「木々の向こうは？」

と、訊いた。

「福岡藩の下屋敷です。火事のときは、応援にも来てくれました」

「なるほど。それで、最後は破裂したように火が飛び散ったわけだな」

根岸は地面を一通り見渡し、

「雨傘屋はいるか？」

と、呼んだ。

「はい。痕跡をつぶさに調べます」

そう言って、雨傘屋は地面に落ちているものを拾い集め始めた。集めたものは、持参したいくつかの紙袋に、分けて入れていく。

そのあいだ、根岸は火が回ったあたりを検分している。隣の焼けた家からは、火消し人足改めの与力や同心たちもこっちに入って来て、根岸と小声でなにやら話し合っている。そうした行動を迷惑そうに徳州屋や火盗改めの連中が見ていた。

しばらくして、

「源次さん」

雨傘屋が、手持無沙汰のように立っていた源次を呼んだ。

「なんだい？」

「ここではどんな花火をやっていたんだい？」

「花火を楽しむというより、その明かりで、女の浴衣の裾のなかをのぞき込むっていう下種《げす》な遊びなんだよ」

「なるほど」

「だから筒に入ったやつはなかったよ。女が火傷《やけど》するからね」

「そりゃそうだ」

と、雨傘屋は声を上げずに笑った。

「火事にも気をつけていて、あまり火玉が飛ぶやつもなかった。ススキ花火と、線香花火と、それとネズミ花火も少しあったかな」

「そうか。それでずいぶんわかってきたよ」

「それで？」

「ああ。燃えカスには、花火以外のものもいろいろ残ってるんだ。これが、宗源火の燃えカスだよ」

と、いくつかの細い竹ひごと、燃え残った紙を見せた。

「へえ」

「馬の毛も見つけたけど、これは眉毛にでも使ったのかな」

「あ、眉毛はふさふさしてたよ。目にかかるくらいに」

「やっぱりな。まあ、だいたい想像したとおりだけど、最後のところは破裂したみたいになったんだって？」

「そう。それで火玉が飛び散り、火事になっちまったんだ」

「だろうね」

「まあ、大きな提灯みたいなものだね。それを釣り竿みたいなもので、そっと宙に浮かせ、長い棒で火をつけたのさ。紙は油紙を使い、ところどころに火薬を仕掛けた。それで、ある程度まで燃えると、曲げてあった竹ひごが弾けて、火が四方八方に飛び散ったんだろうな」

「燃えカスだけで、そこまでわかったのか」

源次は感心したというより、呆れた。

ひとしきり燃えカスを集め終えた雨傘屋は、立ち上がると、根岸のそばに行き、

「お奉行さま。あっしのほうはだいたいわかりましたので」

「大きな提灯みたいなものだろう？」

根岸は、雨傘屋と同じことを言った。

「まさに。それで、あっしも、同じようなものをつくってみたいのですが」

「それは面白い」

「ただ、費用がちと」

「出してやる」

根岸は、そんなことは気にするな、というようにうなずいた。

六

それから三日後の夜――。

根岸がかなり遅くなってから、奉行所の裏の私邸のほうにもどって来ると、凶四郎としめと雨傘屋が待っていた。

「おう、いろいろわかったらしいな」

「ええ」

三人はうなずいた。

「そなたたち、飯は？」

「申し訳ありません。済ませました」

凶四郎が代表して詫《わ》びた。

「なんの。では、わしは食いながら聞こう」

と、夜食を用意させた。

遅くに食べるときは、だいたいうどんである。女中頭のお貞《さだ》が、そう決めているのだ。

うどんだが、エビの天ぷらとかき揚げとワカメが載っているので、適当に食べ応えはある。

「では、しめさんから聞くかな」

そう言って、音を立てて、うどんをすすり始めた。

「あたしは、お奉行さまに言われたとおり、宴に出て、浴衣の裾のなかをちらちら見せていた娘たちを探って来ました」

「うむ。わかったのか？」

「わかりましたよ。火事騒ぎになって逃げ出したとき、近所の連中に見られてましたから」

「なるほど」

「あれに出ていたのは、芸者衆でもなければ、遊郭の女たちでもありません」

「そうか」

「お奉行さま。なんだと思います？　あたしは、なるほどと感心しました」

しめは、根岸にあてものをさせた。根岸にこんなことが言えるのも、しめのほかにはなかなかいない。

「さあて、おそらく浴衣のなかはのぞかせても、ほんとに見せたりはしていないのではないか？」

「そうなんです。もし、話が洩れたとしても、ちゃんと、言い訳できるようにしてたんです。娘たちは皆、浴衣の下には、黒いふんどしをつけていたんですって。だから、見えたつもりでも、じつは見えたような気になっていただけです」

「そのほうが卑猥《ひわい》な気もするがな」

と、根岸は苦笑して、

「露骨なことはしないが、色気で誘うのには慣れてる女たちか」

「そうなんです」

「酒の相手はしていたのか？」

根岸が訊くと、

「それはしてませんでした」

と、凶四郎が言った。

「では、飲み屋の女たちではないな。だが、水茶屋の売れっ子たちは、ああした宴には出て来ぬだろうな。とすると、深川の八幡宮《はちまんぐう》あたりに多いのは……わかったぞ。矢場《やば》の娘たちではないか？」

「さすがに根岸さま。図星です」

しめは驚いて言った。

「娘たちは、なにか知っているみたいだったか？」

「いいえ。いまのところ、話を聞けたのは二十人中十三人ですが、皆、あれは怪かしだったと信じ込んでいます。なんという化け物なのか、名前はわからないので、ダルマ火だとか、大火《おおひ》の玉《たま》とか、適当に名前をつけていますが」

「はっはっは。ダルマ火はいいな。やはり、娘たちからは、手がかりは得られないか。しめさん、ご苦労だった」

「いいえ」

「それで、雨傘屋はどうだ？」

根岸は、しめといっしょに来ていた雨傘屋に訊いた。

「はい、仕掛けはほぼ完全にわかったと思います。まだ、完成はしていませんが、同じようなものはもうじき出来上がります」

雨傘屋がそう言うと、

「あれがつくれるのか？　目玉がぐるぐる動いていたぞ」

凶四郎が訊いた。

「あんなものはかんたんです。竹ひごでゼンマイをつくれば済むことです」

と、雨傘屋は微笑み、

「出来上がったら、ここでやってみましょうか？」

「いや。ここでは勿体《もったい》ない。もっと面白い使い方ができそうだ」

「と、おっしゃいますと？」

「まあ、それは考えさせてくれ」

「わかりました。ただ、あれを誰が操ったのか、なんのためにやったのかは、まったくわかりません。まさか悪戯《いたずら》ってことはないですよね」

「それはないだろう。まあ、驚かせて、ボヤくらいは出すつもりだったのではないかな」

と、根岸は言った。

「では、充分、目的は達成したわけですね」

「だろうな。それで、土久呂はどうだった？　難しかっただろう？」

凶四郎には、当日の客の名簿を頼んだのである。

「苦労しましたが、なんと燃え残りのゴミを集めてきて、源次と二人で取り分けていったら、名簿が出てきました」

「ほう」

「水浸しで汚くなっていたので、書き直してきました。これです」

と、凶四郎は清書した紙を根岸に渡した。五十人の名が記されている。もちろん五郎蔵の名もある。武士は、界隈の屋敷にいる江戸詰めの藩士らしい。

「うむ。なるほど」

「たいがいは取引先のようです。ここに化け物騒ぎを起こした輩はいるのでしょうか?」

根岸は、しばらくその名簿を見つめ、

「徳州屋の周辺でなにか悪事が起きていなかったか?」

と、訊いた。

「火事場泥棒ですか?」

「そのようなものかもしれぬ」

江戸では火事が起こると、かならず火事場泥棒が出没する。

「宗源火の騒ぎではなかったようですが、そこはさらに調べてみます」

「頼んだぞ」

根岸はそう言って、すでに冷えていたうどんの汁を最後まですすった。

七

「久しぶりだな」

根岸が言った。柄になく照れている。お白洲《しらす》でこんな顔を見せたら、悪党どもは笑い出すだろう。

「ほんと」

そう言ったのは力丸である。

力丸は照れはしないが、喜びが表情から挙措《きよそ》にまで溢れている。酒を注いでくれる手までが、微笑んでいるみたいである。

「どれくらい会わなかったかな」

「三月とちょっとくらいですよ」

「もっと会わなかった気がするな」

「……」

力丸はうなずいただけで、かたわらにあった三味線を抱えた。

軽く音を合わせ、

「もう夏になってしまいましたが」

と、言って、唄い出した。

〽青々と　いつも松葉の二人連れ
　末も栄えて　高砂の
　変わらぬ色や　春の風

　唄い終えると、

「いつも松葉の二人連れか」

　根岸はつぶやくように言った。じつは皮肉なのかもしれない。根岸と力丸は、ほとんどいっしょにはいられない。

　ゆらり。

　と、根岸の身体が揺れた。

　酔ったわけではない。じつは船の上にいる。

　五郎蔵のはからいだった。一艘だけある屋形船を南町奉行所の前につけ、根岸を乗せた。

「なんだ、これは？」

　根岸は訝《いぶか》った。

「いいから、江戸の海を一回りして来い」

五郎蔵に押し出されて乗り込むと、力丸がいたというわけである。

「じつは先月、旅をしていたんですよ」

と、力丸は言った。

「旅を？」

「ちょっと身体の調子がおかしかったので」

「そうなのか」

心配してやれなかったことが心苦しい。

「たいしたことはないんです」

「医者には診せたのか？」

「ええ。とくにおかしなところはないって。それで、思い立って、箱根の湯に湯治に行ってたんです」

「どれくらい？」

「ふた回りほど」

湯治は七日間の単位でおこなうのがよいとされている。

「箱根はどこの湯だね？」

箱根の湯は、七湯あるとされ、それぞれ湯の質や効能も違うとされている。

「塔ノ沢《とうのさわ》の湯です。日に三度、ゆっくり浸かって、頭からつま先まで、自分の指で揉みほぐしました。それが気持ちよくて。疲れが溜まっていたのでしょう」

「だろうな」

「あたしよりひいさまのほうが、よほど疲れが溜まっているのに、申し訳ないと思ったりもしました」

「そんなことはない」

「おかげさまで、体調はよくなりました」

確かに顔色はいい。

「ひいさま」

「ん？」

「あたしを捨てちゃ嫌ですよ」

力丸は悪戯っぽく言った。

根岸の胸のなかに、安堵の気持ちが広がった。やはり、忘れられるのではないか、他に男を見つけてしまうのではないかと、不安だったのだ。怪かしより、惚れた女の気持ちのほうが謎なのである。

「それは、わしの台詞《せりふ》だ」

と言った根岸の顔には、照れと喜びが溢れている。

「いまは、どんな事件に関わっておられるんです？」

「徳州屋という廻船問屋なのだが」

調べの中身は明かさないが、力丸は信用している。

「ああ、ときどきお座敷に呼ばれますよ」

「あるじは、どんな男なのかな?」

「商いは大胆ですが、根は小心者のようです」

「ほう」

「脅しに弱いのです。たまたま宴会のあと、舟まで見送ったとき、地元のやくざに脅されて、腰を抜かしたところを見てしまいました」

「そうか」

「でも、近ごろは、少しばかり肝が太くなったみたいです」

「なるほどな」

じつに面白い話である。それはおそらく、土久呂凶四郎が目撃した火事のときの行動とつながるのだろう。抜け荷の品も見当がついた。

それからしばらく盃のやりとりと、しっぽりした沈黙があった。

やがて、船が動かなくなった。

南町奉行所の前に着いたのだ。

「では、ひいさま」

「む。楽しかった。いや、幸せだった」

「嬉しい。ひいさま」

と、そこまで言って、力丸は節をつけて唄った。

〽離れていても　いつも松葉の二人連れ

八

次の夜――。

新川の徳州屋の本店の前である。

「よし、来たぞ」

と、凶四郎が振り向いて言った。隣には源次がいる。二人は、徳州屋の隣の酒問屋の陰に隠れている。

「大丈夫です。もう少し近づいたところで始めましょう」

そう言ったのは雨傘屋である。

徳州屋が近づいて来た。体格のいい手代を二人、伴っている。小網町《こあみちょう》にある料亭の帰りなのだ。この日の徳州屋の動きは、すべてわかっていた。

「始めます」

そう言って、雨傘屋は長い棒を伸ばした。その先には、炭火が取り付けられている。

いきなり闇のなかに、巨大な顔が浮かび上がった。

まさに、あのときの宗源火である。ただ、顔の色は赤と茶がまだら模様になっていて、薄気味悪さではこっちが上回るかもしれない。

「またか」

徳州屋は怯えた。

しかしすぐ、懐から銃を出して、燃え上がる顔に向けて撃った。

パァーン。

という音が響き渡った。火縄銃のような大きな音ではない。紙袋を膨らませて、手で叩いて割ったときのような音である。

宗源火は燃え上がらない。たぶん、銃の弾が突き抜けた小さな穴が開いている。

「徳州屋。いいものを持っているな」

隠れていた凶四郎が姿を見せた。

「ううっ」

「火縄式じゃねえ。火打石を組み込んだやつなんだろう。南蛮《なんばん》の銃だな」

「……」

「それだろう。抜け荷の品は。うちのお奉行が予想したとおりだったぜ。徳州屋。お前はもう終わりだ」

凶四郎は言い過ぎたかもしれない。

徳州屋は、持っていた銃を左手に持ち替え、もう一度、懐に手を入れると、またも銃を取り出した。

「旦那。もう一丁、持ってましたぜ」

源次が慌てたように言った。

発射される寸前、凶四郎の手元から十手が飛んだ。

「うっ」

銃は発射されず、地面に落ちた。

すぐに源次が徳州屋に飛びつき、あるじをかばおうとした手代二人を、凶四郎が峰打ちで動けなくさせた。

源次はたちまち徳州屋を後ろ手に縛り上げている。

「さっきの怪かしは？」

徳州屋は不思議そうに訊いた。

さっきまで明かりが灯っていた巨大な顔は、いまは火も消えて、平たく折り畳まれている。雨傘屋は、火事を起こすつもりはないので、燃え上がり、火矢が飛び散るところまでは作動しないようにしておいた。

「このあいだのやつを再現したのさ」

と、凶四郎は言った。

「では、この前のも奉行所が？」

「そんなわけはねえだろうが。あんたの敵がやったんじゃねえのか？」

「あたしにあんなものを持ち出す敵がいるんですか？」

「思い当たらねえか？」

「ええ」

抜け荷に手を染めてはいるが、とくに誰かの恨みを買っている覚えはないらしい。

「あんた、京都で商いは？」

「いや。京都などとはなにも関わりはありませんよ」

「あれはな、京都の怪かしなんだよ」

「そうなので」

徳州屋は、そんなことはもうどうでもいいというように、首を横に振った。

九

夜――。

凶四郎と源次が夜回りをつづけている。

今宵は、椀田や宮尾たちも、出て来ているはずである。さらに、隠密《おんみつ》同心も、全員、市中回りに出ているはずである。

火事を出させない。

いまや、そのことに町方の威信がかかっているのだ。

また、各番屋からは、夜通し番太郎が出ている。

「火の用心、さっしゃりやしょう」

というおなじみの掛け声が、あちこちから聞こえている。

根岸や北町奉行の小田切土佐守と、町年寄たちとの打ち合わせから、各町の番屋の夜回りが格段に強化されることになったのだ。

いわば、「非常事態」が宣言されたのだ。

神田《かんだ》界隈《かいわい》の夜道を歩きながら、

「さすがに火付けはねえだろう」

と、凶四郎も感心したように言った。

「あっしも、こんだけの人が出るとは思いませんでしたよ」

源次もそう言った。

しかし、これほどの警戒は、長くつづけることはできない。十日もすれば、各番屋から不平の声が出て来るはずである。

その前に、次の一手を打てるのか。

根岸の手腕が問われているのだ。

凶四郎と源次が、大伝馬町《おおでんまちょう》の番屋の前に来たとき、町役人が心配そうに道に出て来ているところにぶつかった。

「どうかしたか？」

「あ、土久呂の旦那。いま、通旅籠町《とおりはたごちょう》の番屋の者が、駆けて行ったもので」

見覚えのある若い町役人が、日本橋のほうを指差して言った。

「なにかあったのか？」

「宿屋で殺しだそうです。客が一人、殺されたんだとか」

「なに」

凶四郎と源次は駆け出した。

通旅籠町は、その名が示すように、旅籠が立ち並ぶ通りである。馬喰町《ばくろちょう》も宿屋は多いが、向こうは訴訟のために、江戸へ出て来た者が多く、こちらはたいがい物見《ものみ》遊山《ゆさん》の旅人が泊まっている。

一軒の宿屋の前に、小さな人だかりがあった。

「あ、同心さま」

凶四郎を見た宿のあるじらしき男が言った。

「殺しだって？」

「あ、はい。二階の菊の間です」

駆け上がると、六畳の客間で、男が倒れていた。武士ではない。身なりのいい町人である。胸と腹と右腕に刺し傷があるが、胸の傷が致命傷になったのだろう。凶器は見当たらない。

「喧嘩だったのかもしれません」

あるじらしき男が言った。

「喧嘩？」

「男が二人、訪ねて来たのです。ここに京都から来た客がいるだろうと」

「ほう」

「二階の菊の間のお二人のことですかと言うと、上がって行きまして。それからすぐ、目にも止まらぬほどの速さで一人が逃げ出し、訪ねて来た二人も後を追って、出て行きました」

「皆、町人か？」

「はい。やくざには見えませんでした」

「いつから泊まっていた？」

「もうひと月近くになりますか」

「そんなに……」

奉行所に報せに走った者がいるから、まもなく検死役の同心も駆けつけて来るはずである。

そのあいだ、凶四郎は殺された者や、もう一人の逃げた男の持ち物でも調べておこうと思った。

ところが、なにもないのである。仕事の道具らしきものはおろか、旅の道具すら見当たらない。

「こいつら、何者なんだ？」

凶四郎は源次を見て、不思議そうに首をかしげた。

第二章　赤猫と呼ばれる大工

一

「あたしもさ、奉行所内での受けはいいって、自分でも思うわけよ」

と、女岡っ引きのしめは言った。

「へえ」

訊いているのは、幼なじみで赤坂田町《あかさかたまち》のそば屋の女将《おかみ》になっているおたづである。

いまいるところも、そのそば屋のなかだった。

「お奉行さまの目を見てると、それはとくに感じるわけ。しめ、わしはお前を頼りにしてるからなと、目が言ってんだもの」

「そりゃあ、やりがいもあるよね」

「うん。いま、奉行所がかかりきりになっている火事の警戒でも、しめさんは手柄を立てそうだって言われててね」

それは嘘ではない。ただ言ったのは、奉行の根岸ではなく、夜回り同心の土久呂凶四郎であるが。

「しめちゃん、期待されてんだねえ」

「まあね。ただ、あたしとしては、もう少し巷の人間に知られるなり、尊敬されるなりしてもいいかなって思うんだよ。どうも、あたしのことを一人前の岡っ引きとしてじゃなく、なんか客寄せの道化者とか、珍品程度にしか思ってないみたいでさ」

「でも、それはしょうがないよ、しめちゃん」

と、おたづが言った。

「どうしてよ?」

「だって、女の岡っ引きなんか、この広い江戸にしめちゃん一人しかいないんだもの。そりゃあ珍しいってのが先に立つよ。認められるのはこれからで、どうしたって日にちはかかると思うよ」

「そうだね。やっぱり、おたづちゃんはほんとの友だちだ。慰められるよ」

しめは言った。じつは、このところ、近所の年寄りから、

「しめさんは、岡っ引きの真似ごとをして、町内のあら捜しをしてる」

などと言われ、しめなりに気に病んでいたのである。

おたづは、奥の席にいた客が、勘定を済ませて出て行くのに頭を下げると、

「ね、しめちゃん。いま、出て行ったお客、見た？」

顔を寄せて、小声で言った。

「見てなかった。え、役者？」

慌てて振り返ったが、のれんの下から遠ざかる足しか見えない。

「違うわよ。大工」

「なんだ、大工かい」

しめは露骨にがっかりした。

「大工たって、ただの大工じゃないよ。建てる家や社《やしろ》が大人気で、もう何十人も順番待ちしてるっていうくらいの売れっ子だよ」

「へえ」

「ただ、綽名《あだな》が赤猫《あかねこ》っていうの。赤猫喜《き》三太《さんた》って、言われてる」

「赤猫と言ったら、あんた……」

しめは眉をひそめた。

赤猫とは、罪人たちの隠語で、火事のことである。小伝馬町《こでんまちょう》の牢屋敷の囚人たちは、火事になると解き放しがあるというので、赤猫を期待する声が多いとも言われている。

「そう。火事だよね。あの喜三太さんが建てた家は、素晴らしいんだけど、なぜかその後に焼けてしまうことが多いんだって」

「そうなの」

「だから、ついた綽名が赤猫喜三太」

「いくつくらいの人？」

「棟梁にしてはまだ若いよ。三十半ばくらい」

「それで、売れっ子なんだ」

「もう、肩で風切ってるよ」

「このあたりに住んでるのかい？」

「住まいは日本橋《にほんばし》のほうって訊いたけど、すぐそこで新しい家を建ててたんだよ。それで、もう完成したんじゃないの。今日は、これから住む人ってのが来てたから。あの人も、うちに食べに来るのは最後だね」

「いや、また来るよ。ここのそばがうまかったからって」

「だといいんだけど」

「それで、どこよ？　どの家？」

近所に新しい家があったなんて気がつかなかった。

「そっちよ、来て、来て」

と、おたづは立ち上がり、外に出て、しめにその家を教えた。そば屋から一軒置いた同じ並びである。

「あれよ」

「あれかあ」

前を通ったときは、竹の塀かと思ったのが、塀ではなく、そのまま家の壁として使われていたのだ。

見上げると、一階に当たる部分は竹を壁のように使い、二階部分はしっくいの白壁になっている。窓があり、それは普通の家に比べて、異様なくらい大きい。

「ちょっと変でしょ?」

と、おたづが言った。

「うん。変だね」

「窓もやけに大きいでしょ」

「大きいね」

「だから、家のなかが明るくて、風通しもいいんだって」

「でも、窓を大きくすると、家がやわになるって聞いたけどね」

「ところが、喜三太の家は、いろいろ工夫してあって、見た目よりずっと頑丈で、地震でもびくともしないらしいわよ」

「ふうん」

それにしても、見れば見るほど変わった家である。

「こんなふうに竹をいっぱい使うのが、あの人の家の特徴らしいよ」

「竹は燃えやすいのかね。だから、火事になるんじゃないの？」

しめは火事のことが気になっているのだ。

「そんなことないでしょ。でも、火事になると、ぱんぱん破裂したりして、けっこううるさいんだって」

「だろうね」

しめもいま、火の用心の見回りに駆り出されている。今日も、夜は神田界隈を回ることになっている。

だが、赤猫の喜三太の家が完成したばかりというのは気になる。

しめは、家の真ん前まで行き、入口あたりから裏のほうまで、値切るのに難癖でもつけようかという目で、じろじろと眺め回した。

二

夕方――。

椀田豪蔵が宮尾玄四郎といっしょに、夜回りへ出ようとしたとき、

「あら、お二人さま。ちょうど、よかった」

しめと出くわした。

「どうした、しめさん？」

椀田が訊いた。

「じつは、気になる噂を聞き込みまして」

「どんな噂だい？」

しめは、赤猫喜三太の話をざっと語った。

「火事が出やすい家があるというのは聞いたけど、それがそうか」

と、椀田は言った。

「そうだと思います」

「類焼じゃなく、出火元になるんだな？」

「はい」

すると宮尾が、

「でも、そんなことがあるのかね」

と、言った。

「と、おっしゃいますと？」

「だったら、誰も頼まないだろう。建ててもすぐに焼けちまうんじゃ」

「でも、ぜんぶ焼けるわけじゃないらしいんです。ちゃんと、残ってる家もあって、どれも評判の家になっているみたいです」

それは、しめがさらにおたづから聞き込んだ話である。

「じゃあ、焼けるのはどれくらいの割合なんだ？」

「だいたい、四、五軒に一軒だとか」

「ふうむ」

それでも、けっこうな割合である。

宮尾が椀田を見ると、

「それで、家は完成したんだな？」

椀田が訊いた。

「しました。もう、依頼した人が引っ越して来たそうです」

「そこが焼けたりすると困るな」

いまは厳戒態勢で、根岸直属の椀田と宮尾まで、火の用心の夜回りに駆り出されているくらいなのだ。

「困りますよ」

「場所はどこだったっけ？」

「赤坂の溜池《ためいけ》のわきです。赤坂田町五丁目。竹がいっぱい使われて、目立つ家だから、すぐにわかります」

「わかった。見に行ってみよう」

椀田は言った。今宵は南からの風が吹いているので、築地《つきじ》周辺を見回る予定だったが、急遽変更である。

「あたしも行きたいんですが、神田のほうを回らないといけないんで」

しめは悔しそうに言った。

三

そのころ――。

土久呂凶四郎と源次は、通旅籠町《とおりはたごちょう》の宿屋にいる。もちろん、ここであった殺しの調べのためである。

宿の名は〈秩父屋《ちちぶや》〉といった。

ここはじつにそっけないというか、味気ないというか、泊まり客に対して何もしない宿である。

近ごろは、朝晩の二食を出す宿も出てきているが、ここは一食も出ない。木賃宿《きちんやど》のように、自分で煮炊きができる場所もない。

「飯は、近所にいくらでもそば屋だの一膳飯屋だの、食いものも出す飲み屋があるから、そっちで食っとくれ」

というのである。

飯も出なければ、風呂もない。

「風呂は、そっちとこっちに湯屋があるから、好きなほうに行っとくれ」

である。

宿自体はかなり大きい。一部屋は六畳か四畳半のどちらかで、建物は「く」の字のかたちになっているが、二階に二十三部屋、一階に十九部屋がある。すべてに、花か木の名前がついている。

一人で泊まろうが、二人で泊まろうが、宿代はいっしょである。が、四畳半は三人まで、六畳は四人までと決まっている。

殺しがあった六畳の菊の間は、さすがにまだ誰も泊めていないが、ほかはだいたい埋まっているという。

夕方、ここにやって来ると、

「源次、今晩、ここに泊まろうか」

凶四郎がそう言った。

「泊まるんですか？」

「ああ。客から話を聞き出すのにも都合がいいし、人が殺されたり逃げたりしたことを知らない者が、訪ねて来るかもしれないだろう」

「ああ、なるほど」

　もちろん遺体はすでにない。身元もわからないので、とりあえず通旅籠町の番屋に置いてあるが、明日には茶毘《だび》にふしてしまう。

　あるじに泊まりたい旨を言うと、

「えっへっへ、宿代は？」

　と、大黒《だいこく》さまみたいな笑みを浮かべながら、貧乏神みたいにケチなことを言った。

「払うよ」

「では、目いっぱい、お安くしておきますので」

　一晩五十文ということになった。

　何もしないから女中も来ない。

　ただ、ここの客を目当てに、弁当売りがやって来る。

　この菊の間は、通り側の入り口の斜め上にあるので、凶四郎は弁当売りが出て行こうというとき、上から声をかけた。

「よお、お前は毎晩ここに来るのか？」

「ええ、来てますよ」

　弁当売りはこっちを見て答えた。

「この部屋の客は、お前の弁当を買ってなかったかい？」

「何度かは買ってもらいました。上方訛《なま》りのある人たちでしょう」

「ああ、そうだ。なんか話したりしたことはあるかい？」

「いやあ、別に」

「二人いただろう？　顔は覚えてるか？」

「顔までは覚えてませんよ」

「わかった」

弁当売りにまで覚えられる顔は、人よりも牛や馬に似ているといった、よほど特徴がある顔だろう。

「この三つ向こうの椿の間にいる客は、もう半年ほど泊まっているらしいから、話を訊いてみるか？」

と、椿の間を訪ねた。

「ご免」

「何かな」

閉めてある襖《ふすま》の向こうで返事がした。

「菊の間で殺された男のことで、訊きたいことがあってな」

そう言いながら凶四郎は襖を開けたが、なかの男を見て、思わず目を瞠《みは》った。源次が後ろで、「ゲッ」と、声を洩らしたのもわかった。

異様な風体である。髪は伸ばし放題で、しかも縮れっ毛らしく、頭がふつうの五倍くらい大きく見える。黄色い着物を着て、紫色の袴《はかま》と黒い足袋《たび》を履《は》いている。ふつうの庶民の、善良な暮らしのなかでは、なかなかお目にかかれない色の組み合わせである。これだと一町（約一〇九メートル）先にいても、目立つことだろう。

「殺しがあったようじゃが、わしが殺したのではないぞ」

と、男は言った。

「ああ。下手人は逃げたことはわかっているんだ」

「さようか。凶器はなんだったのかな？」

「見つかってはいないが、おそらくは短刀だろうな」

「短刀か。わしに頼めば、凶器など使わずとも、死に至らしめてやったのにな」

なにやら怪しいことを言うやつである。

「あんたは何をしてるんだい？」

と、凶四郎は訊いた。

「わしは呪術師《じゅじゅつし》じゃ」

「呪術師？」

「呪《のろ》いでもって、人に死や災厄《さいやく》をもたらすのだ」

まるで慈善興行でもしているみたいに、自慢げに言った。

「夜中に神社の木に藁人形を打ち付けるやつか？」

「あれは素人がやることだ。わしはそんなことはせぬ」

呪術師は首を横に振った。

見ると、部屋の隅には、仏壇とも神棚ともつかない変な箱や、なにかを燃やすらしい銅製の器などがある。

「それでやるんだ？」

「いかにも」

「呪いなんか頼むやつがいるのか？」

「ふっふっふ。貴殿は何を申しておる。人は誰しも、恨みを持っているだろうが。死んで欲しいと願う相手も、一人や二人ではないぞ。当然、わしのところには、依頼人が引きも切らない」

「それで成功することはあるのか？」

呪術師は、しばし言葉を止め、

「あんたたちは、町方の人間だろうが。成功したと言ったら、人殺しにさせられる。よって、答えるわけにはいかんな」

「そりゃそうだわな」

と、凶四郎は苦笑し、

「じゃあ、菊の間の二人のことは、何も知らないんだな？」

「いままでは知らなかったが、死んだ者の霊を呼び出すことはできるぞ。特別に安くしておくがな」

依頼者が引きも切らない者の台詞《せりふ》ではない。

「いや、いいよ」

凶四郎は、うんざりしたように襖を閉めた。

「もう一人、一階の楓《かえで》の間に、長逗留している客がいるらしい」

と、一階に下りた。

楓の間である。

「ご免よ」

「どうぞ」

襖を開けると、妙な臭いが鼻をついた。小柄な男が、すり鉢で何かをすっていて、それが臭うらしい。

「薬屋さんかな？」

凶四郎は訊いた。

「ええ。越中富山《えっちゅうとやま》じゃありませんぜ。蝦夷《えぞ》の薬です」

「蝦夷の？　あんたも蝦夷から？」

「いや、あたしは奥州《おうしゅう》は磐城《いわき》の国の者でしてね。とくに伝手《つて》があるので、蝦夷の秘薬を入手して、江戸で売っているというわけで」

「秘薬かい、それは？」

「秘薬中の秘薬。お城の殿さまもひそかに飲んでいるといわれる、オットセイの睾《こう》丸《がん》と陰茎《いんけい》を乾燥させて粉にした、いわゆる海狗腎《かいくじん》」

「へえ。それがオットセイの……」

噂には聞いている。しかし、巷に出回っているもののほとんどは偽物で、オットセイのイチモツではなく、ナマズを干したものも使われているらしい。

「なんなら、安くお分けしますぜ」

本物を扱う業者の言葉ではない。

「それより、二階の菊の間で人殺しがあったのは知ってるかい？」

と、凶四郎は訊いた。

「聞きました。まさか、あの連中がね」

「何か話したのか？」

「薬の説明をね」

「売りつけたのか？」

「菊の間の客は買わなかったですがね。まあ、あの二人は、精力には問題なさそうだったから」

「顔は覚えているかい？」

「顔は覚えていませんが、陰茎と睾丸は覚えています」

「え？」

「そっちの湯屋で、何度かいっしょになってましたから。あたしは、商売柄、どうしてもそっちに目が行ってしまうのでね。あの二人はいいもの持ってました。これくらいの」

両方の手を、相当な幅まで広げた。

「………」

この男も何も知らない。

菊の間にもどると、

「あいつら、どっちも怪しいですよね。叩けば埃も出るんじゃないですか？」

と、源次が言った。

「まあな。だが、今回はいいよ。それに、お奉行がつねづね言ってるんだ。町から怪しい連中を消してしまうと、それはそれでつまらない町になってしまうのだってな。町ってところは、いろんなやつを受け入れるところであったほうがいいんだろうな」

「なるほどねえ」

「だが、ここには泊まってもしょうがなかったかな」

凶四郎がそう言ったとき、

「御用はないですか？」

と、廊下で声がした。女の声である。

「え？」

襖を開けると、四十前後の女。頭に手ぬぐいをかぶり、前掛けをしている。いないはずの女中がいた。

「あんた、ここの女中か？」

「ええ」

「女中はいないかと思っていた」

「ふつうの宿の女中とは違うんです。ここは飯も風呂もないし、掃除も自分でさせてますからね。あたしは、頼まれた洗濯とつくろいものだけをやってるんです」

「なるほど、洗濯とつくろいものか。この菊の間の客から頼まれたことは？」

「つくろいものが一度、ありましたかね。洗濯はなかったです。どこか、ほかに持ってって、やってもらってたんじゃないですか」

「ほかに？」

「知り合いとかに」

「どういう男たちか覚えてないかい？」

「顔は、あまり目立つ顔じゃなかったですよね」

「なにやってる連中か、わからなかったかい？」

「あの人たち、凧師《たこし》だったんじゃないですか」

「タコ師？」

「凧つくる人」

「なんで？」

「だって、いっぱい竹ひごと紙を買ってきて、なんか夜中につくってたんですよ」

凶四郎が源次を見ると、

「宗源火みたいですね」

「たぶんな」

意外なところで、つながるものである。

女中は、ほかには何も知らないようだった。

四

椀田と宮尾は、赤坂田町にやって来た。右手はお濠もかねた溜池だが、湿地だったところは埋め立てられ、馬場や、藍染《あいぞ》めの干し場などになっている。火事が出ても、こっちにはまず広がりそうもない。

赤猫喜三太の造った家は、すぐにわかった。

「なるほどな」

「へえ。これはいい家だな」

宮尾は気に入ったみたいである。

椀田は首をかしげたが、宮尾が住むには似合いの家かもしれない。

「まずは、住んでるやつの話を訊くか」

と、椀田は少し凹《へこ》んだかたちになっている玄関口に立ち、

「ご免よ」

大声で訪《おとな》いを入れた。

「なんでえ」

わきの窓が開き、男が顔を出したが、

「げっ。椀田の旦那」

「なんだよ。ここ、あんたの家かい」

「わかってて来たわけじゃないんで？」

「ああ。ちっと喜三太のことでな」

「いま、開けますよ」

と、玄関のほうへ向かったらしい。

「顔なじみ？」

と、宮尾が訊いた。

「ああ。深川で女郎屋を何軒もやってた〈花咲屋《はなさきや》〉って小悪党だよ。まあ、いろんな悪事にちょこちょこ首を突っ込んできてるやつだ。近ごろ、隠居したとは聞いたけど、そうか、ここに引っ込んだのか」

戸が開いた。

「いま、女房が出てましてね。お茶は出せませんが」

「女房？　どの女房かな」

椀田は訊いた。いつも違う女が女房だった。

「ま、それは、あっしもときどきわからなくなるんで」

花咲屋は、にたにたと笑った。

「あんたの女房のことはともかく、それより、喜三太の噂は知ってるかい？」

「赤猫喜三太ってんでしょ。でも、うちは焼ける心配はありませんよ。若いのを二人置いて、火の用心をさせてますんでね」

「そうか」

「それに、火事の原因も見当はついてますしね」

「そうなの？」

「噂では、喜三太に恨みを持つ大工のしわざではないかと言ってますぜ」

「そんなに恨まれてるのか？」

「喜三太は、仕事ができる分、ほかの大工の仕事はぼろくそに貶《けな》すんですよ。名のある棟梁でも、あいつにかかっちゃ形無しです。だから、貶された大工は、殺したいくらい恨んでいると思いますよ」

「例えば？」

「ああ、この近所に住む棟梁の平右衛門《へいえもん》てえのも、最近建てた家をゴテゴテして、醜いだけの家だと貶されたみたいなんです」

「ほう」

「あっしも、その棟梁には気をつけてるんですがね。旦那のほうで釘でも刺しといてくれたら、ありがたいですがね」

この先の赤坂田町四丁目だというので、行ってみることにした。

「ご免よ」

　広い土間があり、上がり口の火鉢のところに、いかにも大工の棟梁らしい半纏《はんてん》を肩にひっかけた男がいた。

「棟梁の平右衛門だな」

　椀田が訊いた。

「ええ。なんでしょう？」

「じつは、火の用心をやっててな」

「ここんとこ、火事が多いですからね」

「それで、赤猫の喜三太の噂を聞いたんだ」

「ああ」

　平右衛門は顔をしかめた。それから、慌てたように煙草に火をつけ、すぱすぱっと吸って吐いた。話の見当がついたらしい。

「あんたの話も出たぜ」

「あたしが火をつけるかもってですか。くだらねえ噂をばらまくやつがいて、弱ってるんですよ」

「火付けはやる気がないってか？」

「喜三太のことは恨んではいますが、火付けまでしませんよ」

「いい心がけだが、すでに燃えちまった家についてなんだがな」

「だから、あたしはやってませんて」

「証明はできるかい？」

「いつなんどきの火事かわかればね。あたしはたいげえ、誰かといっしょにいたはずですから」

じっさい、この家にも、弟子のような若者が出たり入ったりしている。

「そうか。ま、向こうの家でも、あんたのことは怖がっていて、気をつけているみたいだ。それは伝えておくよ」

「それより旦那、あたしより、捨てられた女のしわざだという噂もありますぜ」

「女？」

「ええ。大工なら皆知ってる話ですが、築地の南小田原町《みなみおだわらちょう》で料理屋をしているおふじさんてえ女がいましてね……」

と、講釈師にでもなったみたいに、興味津々の話を聞かせてくれた。

どうも、訊きに行く価値はありそうだが、今宵はすでに遅い。明日、出直すことにした。

五

翌日——。

椀田と宮尾は、築地の南小田原町にやって来た。ここは埋め立てられた土地で、目の前は江戸湾である。

「宮尾。女から話を訊くのは、お前にまかせるぞ」

と、椀田が言った。

「別にいいけど、おれはそんなに女と話したいわけじゃないよ」

「お前はしたくなくても、女がしたがるだろうが」

「そうでもないんだけど、そう見えるみたいだな」

おふじの店は、南小田原町の番屋で訊くと、すぐにわかった。酒の肴がうまくて流行っている店だという。

訪ねると、まだのれんは出ておらず、おふじらしき女はいろいろ仕込みの最中らしく、調理場で忙しそうに働いていた。

「ちっと申し訳ないが、訊きたいことがあってね」

宮尾はそう言って、調理場に近いところにあった縁台に腰をかけた。椀田は離れて、入り口に近いほうの縁台に座った。

「なんです？」

「おふじさんでしょ？」

「そう」

「いい匂いだなあ」

宮尾は大きく鼻で息を吸った。

「鯛《たい》の兜《かぶと》を煮ているの。それと、おでんもね」

「夏でもおでん？」

「うちは、夏でもおでんはよく出るのよ」

「そうなんだ。きっと、やさしい味なんだろうな」

「そんなようなことはよく言われる」

「あまりしょっぱくしないんだ？」

宮尾は訊いた。

椀田は、いつ、喜三太の話になるのかと、少しじれったい気がしてきた。

「しょっぱいと、それだけで酒ばっかり飲んじゃうでしょ」

「商売のため？」

「逆よ。酒をいっぱい売ったほうが儲かるもの。それより、いろいろ食べて、ちゃんと滋養をつけてもらうため」

「やさしいよなあ。おふじさんみたいな人に面倒見てもらったら、おれも少しはまともな暮らしになるのかな」

「面倒を見る？」

おふじは手を止め、宮尾をじいっと見ると、

「こころが動くようなことは言わないの。あたしはもう、誰の面倒も見たくないんだから」

「そうなの？」

「もうこりごり」

「そうなのか、残念だなあ」

「七つ下の男の面倒をずうっと見てあげてね」

「七つ下の男だったら、子どもみたいだろ？」

「そうね」

「そんとき男は、いくつだったの？」

「二十歳になったばかりかな。職人だったけど、箸にも棒にもかからない見習いだわよ」

と、おふじは言った。大工とは言わないのだ。

「二十歳で見習いか。そりゃあ、遅いね」

十三、四で弟子になれば、すでに一人前の仕事をしていなければならない。
「そうよね」

「でも、おふじさんは見どころがあると思ったんだ」

「まあね」

「どこでそう思ったの？」

「いっぱい図面書いてたの。注文もないのに、おれが注文を受けたら、こういうのにするって、五枚でも十枚でも書くわけ。そういうときは、寝食も忘れてる」

「へえ」

「この人はいつか、驚くような職人になるって思ったのね」

おふじは、そのころを思い出すように、食器棚のところで頬杖《ほおづえ》をついた。

「それで、驚くような職人になった？」

宮尾は訊いた。訊き方は、あくまでもさりげない。

「なった」

「へえ」

「二十七のときかな。あたしが紹介した知り合いが頼んだ仕事だったんだけど、それが評判になって、たちまち売れっ子だわよ。いまじゃ、大勢、順番を待ってるわ」

「じゃあ、そいつはおふじさんに感謝しなきゃな」

「感謝なんかしないわよ」

「そうなの？」

「三年前に出て行って帰らないの」

「ひどいね。どう思った？」

「捨てられたんだって思ったわよ」

「そりゃあ、悔しいね」

「まあね」

「憎しみではちきれそう？」

「それがそうでもないの」

「ふうん」

「あいつの悪い評判を聞くと、大丈夫かって心配にもなるしね」

「悪い評判？」

「あいつが、世話にもなったはずの先輩たちの仕事を貶すのよ。だから、怒っているわけ。でも、あいつは逆に貶されるのが怖いのよ」

「ふうん」

「だから、貶される前に貶すの。少しでも優位に立ちたいんでしょうね」

「ま、わかるけどね」

と、宮尾は言った。

「そう？　わかる？」

「わかるよ。気持ちに脆《もろ》いところがあるんだ、そういう男は。でも、才能はあるのかもしれないな」

「そうよ。才能は間違いなくあった。あたしはそれを見込んだの。あたしは、天才を育てたんだ。だから、それだけで満足しなきゃいけないんだろうね」

おふじは言った。だが、無理に言い聞かせている感じだった。

「さて、帰るか」

宮尾は立ち上がった。

「あら？　訊きたいことって、なに？」

「いや、いいんだ。骨休みしたかっただけなのかも」

「今度、飲みに来てよ」

おふじが言った。もう一回くらいは、男の面倒を見てもよさそうな声音だった。

「ああ。そうだね」

宮尾はそう言って、先に出た。椀田が追いかけて、

「お前、やっぱり凄《すご》いな」

「なにが？」

「お前のほうからはひとことも、喜三太のことを訊かなかっただろうが」

「そうだっけ？」

「それで、訊きたいことはぜんぶ聞いちまいやがった」

「いや、おれなんかまだまだだよ。御前の話を訊き出すうまさといったら、あれはないよな」

六

「やっぱり、喜三太ってやつは、敵は多いな」

おふじの店を振り返って、椀田は言った。

「ああ、おふじさんも、わからないな」

「そう思うか」

「喜三太への悔しさがこみ上げるときがあってもおかしくないね」

「ふうむ」

「過去の喜三太の家の火事を調べ直すことはできるかな？」

と、宮尾は訊いた。

「できるだろう。ちょうどいま、栗田《くりた》が火消しのほうも担当させられているから、奉行所にもどって訊いてみよう」

二人は、数寄屋橋《すきやばし》前の南町奉行所に入った。

栗田次郎左衛門《じろうざえもん》は、定町《じょうまち》回りから吟味方に移って、

「あいつのことだから、内勤は嫌になるに違いない」

と、たいがいの同僚は噂していたのだが、意外にそうでもないらしい。

現に、吟味方の部屋に行くと、

「よう、お二人さん」

と、手を上げたが、その表情は明るい。

「あんた、火事のほうも臨時で担当してるんだって？」

椀田が訊いた。

「そうなんだ。今年はこんな時季なのにやけに火事が多いんだよ。お奉行はそのことで、頭を悩ませているみたいだ」

栗田は声を落として言った。評定所で叱責されたことは知らないはずである。

「それでな……」

と、椀田が喜三太の話をすると、

「あ、それそれ。おいらも、変だと気づいて、あとでお奉行のところに行こうと思っていたんだ」

「なにが変なんだ？」

「まあ、見てくれ」

と、栗田は書架から火事の記録を持ち出して来て、付箋《ふせん》を挟んでおいたところを開いてみせた。

「これが、今年の五月十八日に出た火事の記録だ。この日、二件の火事が起きていて、一件は、三田の三丁目で起きた。もう一件は、小石川《こいしかわ》の白壁町《しらかべちょう》で起きている。幸い、どっちも延焼は数軒で済み、火が広がるのは防ぐことができた。それで、この日は強風が吹き荒れていたし、二件は離れたところで、しかもどちらも子《ね》の刻《こく》（午後十一時〜午前一時）ごろに出火していたので、まあ、偶然と思うわな」

「あんたは偶然ではないと見たのか？」

「うむ。ここに、火事のようすが記されている。すると、どちらも、家が燃え上がると、パンパンパンパンという音が、激しく鳴り響いたというのだ」

「パンパンパンパン？」

「おかしいだろう？　それで、おいらは二つの町内の番屋に訊きに行ってみた」

「あんた、吟味方だろうが」

と、椀田は苦笑した。

「まあ、そう言うな。それで、その二つの家のことを訊くと、どっちもちっと変わった造りの家で、竹を壁だの屋根だのにいっぱい使っていて、喜三太という若い大工の棟梁が建てた家だってことがわかったわけさ」

「なるほど」

「しかも、さらにほかの大工や材木屋なんかに訊いてみたら、その喜三太の家はよく火事になるので、赤猫喜三太と呼ばれているんだと、そこまでわかったところだった」

「そこまで調べてたか。たいしたもんだ」

と、椀田は言った。

「あんたたちのほうも、そこまで調べていたんだったら、いっしょにお奉行のところに行こう」

と、三人は根岸の部屋を訪ねた。

根岸は、栗田と椀田の話を聞き、

「ということは？」

と、訊き返した。

「喜三太の建てた家は、何者かに狙われています」

「だが、火付けだったとしたら、別々の人間のしわざということか？」

「なにせ敵の多い男ですので」

と、椀田は言った。

「だが、失火や、自然の出火も考えられるだろう」

「それにしては、偶然がつづきすぎます」

「なるほど」

と、根岸はうなずき、

「今日は、裁きが何件も入って出られないが、明日にでも、その喜三太にわしが会ってみよう」

「お奉行が直接ですか？」

「ああ。別にお前たちの手柄を奪うわけではないぞ」

と、根岸はニヤリと笑った。

七

今宵も、江戸中の町で町役人や番太郎が出て、「火の用心」を告げて回っている。こうまで言われると、各家でも失火を恐れて、自分のところでは煮炊きをしないため、総菜屋や弁当屋が繁盛しているらしい。

凶四郎と源次は、そんな夜の神田の町で、通旅籠町の宿屋から逃げた男たちを追っている。殺された男の仲間一人と、殺した側の男二人。

町方が管轄する番屋の者だけでなく、辻番の武士や、さらには各通りの木戸番小屋にまで声をかけ、あの夜の怪しい逃亡者について訊き回ったが、誰も目撃した者は出て来ていない。

ということは、すぐ近くに逃げ込んだのか。

追う側、追われる側がともに、この近くに潜んでいるのか。

「そんなことってあるかな、源次」

「わかりませんぜ。こうなりゃ、しらみつぶしに家探しでもしますか」

「それもありだな」

そんなことを言いながら、大伝馬町《おおでんまちょう》の通りに差しかかった。ここは老舗や大店《おおだな》が軒を並べている。

「ん？」

凶四郎の足が止まった。

「どうしました？」

「その店だがな」

指差した看板には、〈四条屋《しじょうや》〉とある。

「一条だの二条だのがつく屋号は、京都から来た店が多いらしい」

「へえ。じゃあ、ここも？」

別の看板には、「京唐紙《からかみ》問屋・江戸店」とある。

「京都の唐紙の問屋みたいだな」

「あの怪かしにも紙を使ってましたね」

店はすでに閉まっている。

わきに細道があり、そこに入って、店の裏手まで眺めた。裏手まで黒板塀で囲われ、大きな蔵が二棟あるのが見える。

「なんか気になるな」

「ええ」

ぐるっと裏まで回って、表通りにもどろうとしたとき、

「源次」

と、凶四郎はふたたび足を止めた。

「誰かいますね」

「ああ」

道の反対側に男が一人、立ち止まっていて、四条屋の二階あたりをじいっと見つめている。武士ではない。町人の体である。眉が剃ったように薄い男だ。

「見張ってるんですかね？」

「そうみたいだな」

「火盗改めってことはないよな？」

「ああ」

火盗改めは、町奉行所の鼻を明かそうと、動いているらしい。連中は偵察の際、町人の恰好をするのも珍しくない。だとしたら、四条屋というのは、なにやら怪しい存在ということになる。

男に見つからないよう、隠れたままでいる。

男はしばらく見張っていたが、やがて引き返すようだった。

「つけるぞ」

「ええ」

男の後を追った。

本町《ほんちょう》から左に折れて室町《むろまち》の通りを行く。かなりの速足で、やはり武士の歩きとは違う。日本橋を渡った。

「あの殺しに関わりはあるんですかね？」

「わからねえ」

まだ、なにもはっきりしていない。四条屋と、通旅籠町の殺しは、京都訛りからの連想というつながりに過ぎない。じつは、まったく関係がないことかもしれないのだ。

男は、通三丁目まで来て、〈博多屋《はかたや》〉と看板がある店に入った。正面の左隅の潜り戸を自分で開けて入ったので、この店の者であることに間違いはないだろう。やはり店が閉まっているので、何を売っているのかわからない。

「博多？」

源次にはなじみのない名前らしい。

「たしか九州の福岡藩にある町の名前ではなかったかな」

「博多の店の者が、京都の店を見張っていたんですね」

「博多商人というのは有名だからな」

「へえ」

「それと京都の商人の鍔《つば》迫《ぜ》り合《あ》いかな？」

「だとすると、殺しとは関係ないんですかね」

「それはどうかな。そういえば、宗源火が出た徳州屋の客の名簿に、四条屋と博多屋はなかったかな？」

「なかったです。たいがいは聞いたような名で、珍しい屋号だったら覚えているはずですから」

「ああ、おれも記憶にないな」

ふと、博多屋の二階の窓に影が現われた。

女の影である。その影が大きくなった。行灯《あんどん》に近づいたのだろう。ふっと窓の明かりが消え、影も見えなくなった。単にあの部屋にいた女将だか娘だかが、行灯の火を消しただけのことだが、不思議と怪しかった。

「九州って暑いんでしょうね」

と、源次が言った。

「ああ。冬が、江戸の春みたいらしい。それで、春は江戸の夏みたいなんだとさ」

「だったら、九州の夏は？」

「江戸の火事みたいに熱いんじゃねえか」

「そんな馬鹿な」

拍子木《ひょうしぎ》の音がした。ここらも当然、火の用心に怠りはない。

八

喜三太の家は、材木屋や木場の関係者なら、たいがいの者は知っていた。

日本橋の南、通一丁目の新道に、いかにもという家を建てていた。ただし、大きくはない。

「大工は、客より立派な家に住んじゃ駄目だ」

と、語っているらしい。

それだけ聞くと、謙虚な人柄みたいである。

根岸は喜三太と会う前に、噂のそれらの家を、三軒ほど見た。南町奉行所にも近い尾張町《おわりちょう》に一軒あり、お濠沿いの山城町《やましろちょう》にも一軒、そして赤坂田町五丁目のできたばかりの家である。これには、椀田、宮尾のほか、しめと雨傘屋も同行した。

赤坂田町からの帰り道で、

「どれも、変わった家でしたね」

と、椀田が言った。

「そうだな。だが、面白いな」

「そうですか。では、三十人も順番待ちしているというのも？」

「わからんでもないわな」

「へえ」

椀田は意外そうである。

「どれも一目で、喜三太が建てた家だとわかるではないか。そういうのを喜ぶ連中がいるのさ」

「そうなんですね」

喜三太の家に着いた。

根岸たちが家の前に立つと、なかから喜三太らしい男が、

「ご注文いただくのは嬉しいんですが、取りかかれるのは早くて三年くらい先になりますぜ」

と、言ってきた。

「喜三太か？」

根岸が訊いた。

「そうですが」

三十半ばと聞いたが、若く見える。二十四、五と言われても信じる。その若者めいた顔で、顎《あご》を突き出すようにして話す。けっして、感じのいい態度ではない。

「わしは南町奉行をしている根岸だがな」

「根岸肥前守さま。これは、どうも」

喜三太は姿勢を正した。傲岸な面に、怯えに似た影が走った。

根岸は玄関の上がり口に腰を下ろし、

「じつは江戸に火事が増えていてな。奉行所はいま、厳戒態勢にあるのだ」

「ご苦労さまです」

「それで、そなたが建てる家が、しばしば火事に遭《あ》うという話を耳にしてな」

「そうなのです」

「知っていたか？」

「どうも、赤猫喜三太という綽名までつけられたみたいです」

若い娘が奥から手ぬぐいで手を拭きながら出て来たが、こちらをちらりと見ると、何も言わずに奥へもどって行った。

「火事になるわけについて、思い当たることはあるか？」

と、根岸は訊いた。

「もしかしたら、恨みだの妬《ねた》みだのを買っているのかとは思っています」

「なるほど。それで、火をつけられていると？」

「それはなんとも言えませんが」

「じつは、ここに来る前に、そなたが建てた家を三軒ばかり見せてもらった」

「そうでしたか」

「面白い家だった」

「それはどうも」

嬉しそうな顔ではない。面白いというのは、満足のいく褒め言葉ではないらしい。

「一目で喜三太が建てた家だとわかる」

「はあ」

「名のあるものが大好きな連中には、たまらんだろう」

「そなたのおやじも大工だったのか?」

「……」

根岸はさらに訊いた。

「いえ、あっしのおやじは将棋の盤や駒の職人でした」

「そうなのか。それがなぜ、大工に?」

「なんでしょうね。まあ、家に木はふんだんにありましたのでね。それで、おやじがちまちましたものをつくっていたので、あっしはもっと大きなものをつくりたいと思ったみたいです」

「おやじは生きているのか?」

「いえ。あっしが二十歳くらいのときに死にました」

「そのころ、そなたは?」

「まだ大工の見習いでした。棟梁を何回か変えてたので、一人前になるのが遅かったんですよ」

「おやじは心配してただろう?」

「どうでしょう。自分の後を継がなかったので、怒ってましたからね」

「なんで、棟梁を変えたんだ?」

「教わることが気に入らなかったんでしょうね」

「どんなところが？」

「それはいろんなところですよ。まあ、棟梁がこだわるところと、あっしがこだわるところはまったく違ったんでしょうね」

「ああいう家を建てるくらいなら、それは違っただろうな」

「ええ」

と、喜三太は苦笑し、

「あっしが逃げた棟梁たちは、いまもあっしの家の悪口を言ってますよ。たぶん燃やしてしまいたいくらいでしょうね」

やはり、それを言いたかったのだ。

「なるほどな」

「その棟梁たちの名前を言いましょうか？」

「うむ。いまはいい。それで、一人前になれたのはいくつのときだ？」

「一人前かどうかはわかりませんが、二十七のときに建てた小さな家が評判になりましてね。それから依頼が増えてきました。いまは、お旗本や、大店の旦那など、三十人ほどお待ちいただいています」

喜三太の鼻がふくらんだ。

「そりゃあ、たいしたもんだ。その最初の家というのは、誰が注文したんだ？」

「それは、あっしの知り合いでした」

「どういう知り合いだ？」

「いや、まあ。知り合いの女の友だちみたいな人でしたけどね」

その話はあまりしたくないらしい。

「その筋で恨みを買っているとは思わないのか？」

「それはないと思います」

「そなたが見て、ほかの大工が建てる家はどう思う？」

「どれもこれも似たような家ばかりじゃねえですか。つまりませんよ、あの人たちの仕事は。皆、師匠に習ったまま、師匠の言うままなんですよ。てめえの創意工夫なんてのは、これっぽかりもねえ。驚くような仕事もねえ。まあ、この国の仕事は皆、そうです。なんとか道と立派そうに言うけれど、どれもこれも、猿真似に毛が生えたみたいなものばっかりじゃねえですか」

「似たようなものが多いかもしれぬが、しかし、出火元にはなりにくいかもしれぬぞ」

「……」

目が泳いだ。

だが、根岸はそのことをしつこくは言わずに、

「竹を多用しているようだが、竹は好きなのか？」

「好きですね。きれいだし、丈夫だし」

「丈夫かね」

「ええ。大きな地震が来たときにわかるはずです。たぶん、周りの家がつぶれても、あっしが建てた家だけは、残っていますよ」

「ほう」

「しかも、冬は暖かく、夏は涼しくなるような工夫もほどこしています。住めばわかるはずです。あっしの家の良さは、見た目だけじゃねえんです」

と、胸を張った。

「だったら、もっと褒めてもらいたいものだな」

「え？」

「天下にその名を知らしめたいだろうよ」

「そりゃあ、まあ」

「どうやれば、名を広められるのかな」

「そりゃあ、いい仕事をするしかありませんでしょう」

喜三太は、謙虚な顔になって、根岸を見つめた。

根岸はその視線を外し、

「邪魔したな」

と、立ち上がると、

「もう、いいんで？　さっきの親方の名前や、あっしが悪口を言った棟梁たちの名前はお伝えしますが」

喜三太は意外そうに訊いた。

喜三太の家を出るとすぐ、

「生意気そうなやつでしたね。やっぱり、天才というのは、ああいうものなのですかね」

と、椀田が憎らしそうに言った。

「どうかな。わしは才能ということなら、雨傘屋のほうが上だと思うぞ」

「雨傘屋のほうが……」

椀田は振り返って雨傘屋を見たが、いちばん後ろを歩いていて、いまの褒め言葉は聞こえていない。

奉行所にもどると、根岸はその雨傘屋を呼んで、

「もし、家から自然に火が出るような仕掛けをつくってくれと言われたら、そなたはどんな仕掛けをつくる？」

と、訊いた。

「自然に火が出るんですか？」

「当然、火事になるんだ。だが、それがまさか火が出るものだとはわからないんだぞ」

「はあ」

なぜ、そんなことを言い出したのか、わからないという顔である。

「火事は夜に起きている」

「夜ですか」

「もしかしたら、強風とつながるものかもしれない」

「強風と？」

「どうだ？」

「それは喜三太の家のことですか？」

「そうだ」

「やってみますが……」

「頼む」

頼んだが、根岸もこれは難問だと思っている。

九

「やってみる」

とは言ったが、雨傘屋は悩んでいる。

いちばん最初に思いついたのは、虫眼鏡《むしめがね》を使うというものだった。

虫眼鏡は光を一点に集めることができて、そこからかんたんに火を熾《おこ》すこともできる。

それを南向きの方角に、窓のようにしてはめ込んでおく。集めた光が当たるほうは、燃えやすい黒い板でも貼っておけば、たちまち火事になるはずである。

——だが、どうもようすが違う。

出火時は夜だったという。ただ、炭に火だねをつくれば、燃え上がるのを遅らせることはできるかもしれない。

虫眼鏡以外に思いついたものはない。

——見なきゃわからねえかも。

と、雨傘屋は、喜三太が建てた家を思い出した。

だが、外からしか見ていないので、内部はまったくわからない。

虫眼鏡を取り付けているようには見えなかったが、しかし、中庭があるみたいだから、そっちのほうに取り付けられているのかもしれない。

悩んでいると、

「どうしたい、雨傘屋」

と、しめが声をかけてきた。

「あ、親分。じつはね……」

悩みを打ち明けた。

「だったら、なかに入ってみればいいじゃないか」

「入ってみればって、他人の家ですからね。悪事が明らかになっていれば別ですが、同心の方たちだって、そうそうなかには入れませんよ」

「馬鹿だね。そういうときこそ知恵を使うんじゃないか」

「知恵を」

「ま、ついておいで」

赤坂田町の通りまで来ると、しめは喜三太が建てた家に入る前に、二軒先のそば屋に入り、菓子折りを持って出て来て、

「ごめんなさいよ」

玄関前で大きな声をあげた。

「なんだい？」

顔を出したのは、毛を剃《そ》った猫のような顔をした女である。歳は四十にも見えるし、二十五にも見える。

「あたしはその向こうに住んでる者なんだけど、この倅《せがれ》が大工をしてましてね」

と、後ろにいた雨傘屋に向けて顎《あご》をしゃくり、

「この倅もこういう洒落《しゃれ》た家を建ててみたいそうなんですが、棟梁が許してくれないらしいんで。なんせ、頭の固い棟梁らしくてさ。それで、ぜひともなかの造りをちらっとでいいから見てみたいらしくて、ほんとにちょっとでいいんですが、この倅になかを見せてやってもらえないですか」

そこまでいっきに話して、

「これはつまらないものなんだけど」

と、いま買ってきたばかりのそば饅頭《まんじゅう》の箱を押し付けた。

「そうなの。だったら、いいわよ。いま、うちの人が出かけてるから、ちょうどいいわ。まだ越して来たばっかりだから、ちらかってるんだけど」

なんと、許してくれたではないか。

「ほら、英次《えいじ》。しっかり見せてもらうんだよ」

「あい、すみませんね」

雨傘屋はぺこぺこしながら、家じゅうに視線を向けていく。

とくに見たいのは、二階から天井にかけてである。

もしも何か仕掛けるとしたら、住人がいつもいるところにはつくらない。たぶん、居間や寝間から遠いところのはずである。

外から見ると、竹が目立つが、なかはしっかりしている。梁《はり》などは立派なものである。

中庭にせり出すように物干し台があった。ここは臭い。目を皿のようにして見る。が、怪しいものはない。

――ん？

近くの屋根の上に、見慣れないものがあった。

たしか、南蛮《なんばん》の家の屋根につけられるものだ。風見鶏《かざみどり》。それが、表の通りからは見えない屋根の上につけられていた。

「いやあ、素晴らしい。ほんとに勉強になりました」

と、雨傘屋は言って、しめに目配せした。

「もう、わかった」

という合図である。

「じゃあ、奥方さま。ありがとうございました」

しめは、女中奉公が決まったみたいに深々とお辞儀をし、喜三太の建てた家から退散した。

その日のうちである。

雨傘屋はすでに夜も五つ（午後八時頃）を過ぎていたが、しめとともに、まだ奉行所で仕事中だった根岸を訪ね、

「お奉行さま。これでございます」

と、小さな玩具のようなものを差し出した。それは、喜三太が建てた家にあったものの、四分の一ほどの大きさだった。

「これはなんだな？」

「南蛮の家の屋根につけられる風見鶏というものでして、風向きや強さを見るものだそうです。これは、風を受け、こんなふうに回ります」

雨傘屋が息を吹きかけると、鶏をかたどった板はくるくると回った。

「ものをこすると熱くなりますよね。凄い勢いで回転すれば、こするのと同じことになります。それで、この棒の下に乾いた燃えやすい木を置き、周囲に乾いたおがくずでも散らしておくのです」

「火はつくか？」

「ええ。これだと軽すぎますが、重さが加われば、回転軸の下はかなり熱くなると

思います」

「よくぞ見破ったな、雨傘屋」

と、根岸は言った。

「いえ、これというのも、しめ親分のおかげでして」

そう言えと、しめから言われたのだ。

「しめさんの？」

「いいえ、あたしのしたことなど」

しめは、いちおう謙遜を装った。

「おい、椀田。宮尾もいるか」

根岸は二人を呼んだ。

「なんでしょう？」

椀田が訊いた。

「大工の喜三太を捕縛するのだ」

「喜三太を？」

椀田は解せないという顔をした。

「あやつは、自分が建てた家から火の出る仕掛けをしているのだ。いままでの出火も、ほかの者が火をつけたり、失火であったりしたわけではない」

「なんと」

「だが、何のために、自分の建てた家から火を出すのでしょう?」

宮尾が訊いた。

「倨傲《きょごう》だ。思い上がりだ。こんなやつには住んで欲しくないと思ったのだろう。あるいは、自分のつくった家は、住人を選ぶといったような評判でも欲しくなったのかもしれぬ。背伸びしたあげくに、頭を天にぶつけちまったのさ」

「わかりました」

椀田と宮尾、それにしめと雨傘屋が飛び出して行こうとしたとき、

「いや、待て」

根岸は止めた。

「どうなさったので?」

椀田が訊いた。

「風が出てきている」

根岸は、廊下に出て、軒先の向こうの空を見て言った。月も星もないが、わずかな光はあるらしく、雲の流れは見えている。

今年は梅雨《つゆ》入りが遅れている。いつもだったらいまごろは、庭先のあじさいが、雨に濡れてみずみずしい青色を見せてくれるのに、今年は葉っぱの色さえくすんで

見えている。だが、いよいよ梅雨の到来なのか。

しかし、風はさほど湿気をはらんではいない。いまどきでなかったら、むしろ心地良いくらいの風が、唸りをあげようとしていた。

「夜にかけて、さらに強くなりそうだ。喜三太の捕縛は後回しにして、赤坂田町の喜三太が建てた家に向かってくれ。雨傘屋。その、風見鶏を取り外すのだ」

「わかりました」

四人は、ますます強くなってきた風のなかを、赤坂田町へと向かった。

十

だが、四人は急いだにもかかわらず、けっきょく、間に合わなかった。喜三太が建てた家から、火が出てしまったのである。

とはいえ、近くの番屋にも警戒するよう伝えてはあったので、対応は早く、火事が燃え広がるのは防ぐことができた。

四人が着いたときは、町火消したちが火を消し終えて、ホッとしているときだった。火は裏手から出て、家の四分の一ほどを焼き、塀まで燃えたあたりで消し止められていた。

「よかったな」

椀田は、町役人をねぎらった。

まだ、風は強い。赤坂田町の町人地のあいだを吹き抜けながら、鋭く唸りをあげている。

「いや、でも、危ないところでした。しかも、妙なことがありましてね」

町役人は、どこかぼんやりした目つきで言った。

「妙なこと？」

「火は二か所で上がったのです」

「そうなのか」

椀田は雨傘屋を見た。雨傘屋は不思議そうに首をかしげた。

「一か所はそこの物干し台のわきのあたりからです」

町役人がその場所を指差すと、

「風見鶏の下ですね」

と、雨傘屋が言った。

「最初にその火が見つかって、皆、その火を消そうとやっきになっていたのですが、次は向こうの裏っかたです」

と、町役人は椀田たちを裏へ案内した。

「ここです」

そこも竹の塀で囲われていたが、一部が黒く焼け焦げていた。

「臭いを嗅いでみてください」

言われて椀田たちはしゃがみ込んだ。

「この臭いは……臭水《くそうず》か」

石油のことである。越後《えちご》や安房《あわ》で自然に湧き出たものが、一部、江戸にも持ち込まれている。

「どさくさのさなかに、これを塀にかけ、火をつけた野郎がいたみたいなのです」

と、町役人は言った。

「なんてこった」

「そのままだったら、こっちも燃え上がり、隣家まで燃えたら、消し止めるのも難しかったはずです」

「臭水の火をよく消したな」

椀田は感心して言った。

「あっしらではありません」

と、町役人は言った。

「え？」

「近所の小娘が見たのですが、どこからか、女が現われましてね、羽織っていた着物をさっと火にかぶせまして、その火を消してしまったというんです」

「女が？」

「髪は白く、婆さんのようだったと」

「ほう」

「それで女は、向こうに歩いて行ったと」

町役人は、闇に包まれた路地の奥を指差した。

「こっちにか」

椀田は、路地の奥へと向かおうとしたが、すぐに立ち止まった。

「どうした？」

宮尾が訊いた。

「行き止まりだ」

椀田が言った。

武家屋敷の高い土塀が、黒々と前方をふさいでいた。両脇も商家の黒板塀である。

「そうなんです。忽然と消えてしまったらし……」

と、町役人は言った。語尾が震えて消えた。

「おいおい、火消し婆かよ？」

宮尾は冗談で言ったつもりだったが、皆、凍りついたような顔になっていた。

第三章　音だけの怪

一

土久呂凶四郎と源次は、夜通し大伝馬町の四条屋と、通三丁目にある博多屋を、腹を空かしたフクロウのような眼で見張りつづけた。

だが、怪しい者の出入りもなく、なにも変わった動きはなかった。博多屋の手代が、夜中に夜鳴きうどんの屋台を呼び止め、五人分ほど買い求めただけだった。博多の人間のほうが、京都の人間より金遣いは荒いかもしれない。

双方の番屋で話を訊いても、この数年は、物騒なできごとはなにも起きていないとのことだった。

明け六つ（午前六時）近くになって、

「明日は、店が開いているうちに話を訊こう」

ということで、凶四郎は源次と別れた。

途中、川柳の師匠で、いまやひそかな恋人となったよし乃《の》の家に立ち寄ってみると、よし乃はもう起きていた。寝ていてもいいから、窓だけでも見て帰ろうと、まるで初恋の少年みたいなことを思って、回り道をしたのである。

よし乃は植木に水をやっていた。声をかけようとして、その風情《ふぜい》、楚々《そそ》とした佇《たたず》まいに見とれた。青い、波模様なのか大きな柄の浴衣がよく似合っている。じょうろから出る水が、小さな雨に見えている。しかも慈《じ》雨《う》。

自分が絵師だったら、ここはぜったいに描きたい。水やり美人の図。

一句ひねることにした。

借金も粋な女の飾りかな

少しの借金ではない。よし乃は、芸者をしていた時分に、千両という莫大な借金を背負っている。その借金のことで、明るい話があるのだが、それはまだ言っていない。まだ期待をさせたくない。凶四郎は、今度の火事の件が収まったら、いろいろ動いてみるつもりである。

よし乃はちらりとこっちを見て、

「あら、土久呂さん」

と、どんぶりほどの朝顔の花が咲いたように、顔を輝かせた。

「早いんだな」

近づくと、蜜のような甘い匂いがした。よし乃が匂っているのかもしれない。

「こう見えて、早起きなんですよ」

「昨夜は済まなかった」

昨夜は、川柳の会だったが、凶四郎は来られなかった。先輩同心の市川一岳《いちかわいちがく》は、なんとか都合をつけると言っていたので、出席したに違いない。

「ええ。土久呂さんのせいじゃないけど、会は低調でした」

「そうなの」

「雨を題材にしたんですが、なんせこの天気でしょう」

出来の悪い弟子を指差すように、天に向けて人差し指を突き出した。その上に、朝から真っ青な空。

「だが、発句《ほっく》ならまだしも川柳だろう」

降らないなら降らないで、ひねりようがある。

「そのはずなんですが、川柳にも湿り気は必要なのかも」

「なるほどな」

「雨が少ないから、樹木の色も冴えないし、あじさいの花もまだだし」

植木鉢のなかには、あじさいらしき葉もある。

「そういやそうだ」

「雨のない梅雨は、桜のない春ですね」

「雨がそんなにいいものだとは思わなかったな」

「なくならないと気がつかないことっていっぱいありますね」

「だろうな」

「夏なのに火事も多いって、市川さまから聞きました。奉行所の方々も大変なんですってね」

「そうなんだが……」

数日前、喜三太という大工が捕まった。驚いたことに、自分がつくった家に、出火の仕掛けを施すという、大福餅《だいふくもち》のなかにとうがらしを入れるみたいなことをしていたらしい。

それで、火元のはっきりしなかったところを調べ直したら、今年の夏の火事の半分は、喜三太の家がらみだったことがわかったのだ。

それを外したら、ほぼ平年並みの数になる。しかも、厳戒態勢を取っているのだから、出火件数はぐんと減ってくれるのではないか。

そのことをよし乃に言うと、

「そうですか。これで、梅雨入りしてくれれば、安心なんでしょうが」

「だといいが、空梅雨ってこともあるしな」

「あたしも、こんな陽気だと、夏まで低調がつづきそうで」

だが、憂い顔のよし乃も、なかなか色気があると、凶四郎は思ってしまう。

朝ごはんを勧められたが、根岸と相談したいことがあるので、玄関のなかで、互いに身体の一部をまさぐり合っただけで、よし乃とは別れたのだった。

二

凶四郎が、欲求の処理にしくじったような気持ちで奉行所にもどって来ると、数寄屋橋のたもとで、ちょうど帰って来たところらしい椀田豪蔵と宮尾玄四郎に出会った。

「よう。おふた方、こんな明け方まで回ってくれたのかい？」

「まったくひでえ目に遭ったぜ」

と、椀田はいかにも眠そうに言った。

「なにかあったのか？」

と、凶四郎は訊いた。

「うん。麻布《あざぶ》谷町《たにまち》界隈で、おかしな騒ぎがあったのさ。夜、火事があったわけでもないのに、半鐘《はんしょう》が鳴り出すんだ。しかも、その半鐘が鳴った火《ひ》の見櫓《みやぐら》には、誰もいないときた」

「なんだ、そりゃ」

「お化け半鐘」

「それは、町内のお調子者のくだらない悪戯だな。わざわざあんたたちが調べるようなことじゃないよ」

「だが、こういうときだしな」

「だいたい、半鐘なんか鳴ったって、火事じゃないなら、怖くもなんともないだろうよ。おれだったら、音に合わせて踊っちゃうぞ」

「あんたならな。だが、あのあたりの連中はそう言って、怖がってるんだ」

「ふうん」

と、凶四郎もからかうような雰囲気ではないらしいと理解して、

「半鐘は、しょっちゅう鳴るのかい？」

「毎日、何度もだよ」

「誰かが、半鐘を隠し持って、歩きながら叩いているとかじゃないのか？」

「地上で鳴る音と、上のほうから降って来る音の違いくらいは、巷の善男善女だってわかるだろうよ」

「なるほど」

「しかも、お化け半鐘は一つじゃない」

「いくつかあるのか？」

「あっちで鳴ったかと思えば、そっちで鳴るといった、恋猫の鳴き合いみたいな具合さ。昨夜はそれで歩き回って、くたくただよ」

と、宮尾が愚痴った。

「そういう怪《あや》かしっているのかね？」

椀田が凶四郎に訊いた。椀田は、巨体のわりに、怪かしは得意ではない。

「おれは知らんよ」

「怪かしにしちゃあ、やかまし過ぎる気がするんだがな」

と、椀田は首をかしげた。

「どうなんだ、宮尾？」

凶四郎は宮尾に訊いた。

宮尾は三人のなかでは、いちばんの妖怪通である。

「やかましい怪かしだっているだろうよ。どんなやつかと訊かれると、おれも知らないけどな」

「あそこのお糸に訊けばわかるんじゃねえか」

と、凶四郎は元数寄屋町一丁目のほうを指差した。この前、宮尾と二人で飲んだ飲み屋があるあたりである。

「そうか。だが、お糸ももう帰っちまったわな」

宮尾が言った。

「誰だ、お糸って?」

と、椀田が凶四郎に訊いた。新婚だし、もともと根が真面目だから、怪しげなところには行かない。

「うん。そっちの飲み屋のお姐ちゃんなんだけど、お化けに詳しくて、なおかつ当人もあっちの世界の人みたいなんだ」

「へえ。顔立ちは?」

「かなりの美人だぞ。ちょっと透けて見える感じはあるけどな」

「美人かあ。そりゃあ、生憎《あいにく》だったな」

椀田は宮尾の肩を叩いて笑った。

三

椀田は、愛妻が待つ八丁堀の役宅に帰るので、橋のたもとで別れた。

宮尾と凶四郎は、奉行所に入り、そこから渡り廊下で裏手にある根岸の私邸のほうへやって来た。ここの離れの長屋が、二人の住まいになっている。

「お、宮尾、土久呂」

ちょうど朝食の膳を前にしていた根岸が、二人に声をかけてきた。

「お奉行。お早いですね」

「まあな。お前たちもいっしょに食え」

「ありがとうございます」

二人は、お相伴《しょうばん》にあずかることにした。

根岸が食べるものは、家来たちとほとんどいっしょである。

今朝は、めざしが二匹、納豆、豆腐と菜っ葉の味噌汁、たくあんに梅干しがおかずである。ただ、根岸といっしょのときは、飯は玄米になる。根岸いわく、玄米をよく嚙《か》んで食べれば、白米の三倍の力がつくのだそうだ。白米は、米の死骸だとまで言っていたこともある。

その玄米をうまそうに嚙みながら、

「土久呂はともかく、宮尾もいま帰りか？」

と訊かれたので、宮尾は麻布谷町の半鐘の怪《け》について報告した。

「ほう。面白いな」

根岸の大きな耳がぴくぴくした。

「あそこらじゃ、妖怪のしわざだと言うのもいるんですが、音だけで姿は見せないって、そんな妖怪がいるんですか？」

「そりゃあ、いるだろう。むしろ、姿が見えるものより、音だけとか、気配だけというほうがはるかに多いだろうよ」

根岸は平然とした顔で言った。

「そうなんですか？」

凶四郎も意外である。

「うわんという怪かしのことは聞いたことはないか？」

「うわん？」

凶四郎は首をかしげたが、

「ああ、いますね」

と、宮尾は膝を打ち、

「いきなり、後ろでうわんという声をあげるんですよね。でも、振り向いたら誰もいないんだ」

「へえ」

「べとべとさんというのもいるぞ、土久呂」

根岸はさらに言った。

「べとべとさん？」

「足音だけが追いかけてくるらしい。べとべとさんよりは、ぺたぺたさんとか、ひたひたさんとでもしたほうがよさそうだがな」

「ははあ」

凶四郎はうなずいた。それは経験したことがある。あのときは、小雨が降る、真夜中の永代橋《えいたいばし》の上だった。誰かにつけられているのかと、何度も後ろを見たが、誰もいない。結局、足音の正体はわからずじまいだった。

「足音はまだいい。杖《つえ》の音に追いかけられると、死んでしまうという話もある」

「そうなので」

うっかり座頭《ざとう》の杖の音も聞けなくなるではないか。

「田舎に行くと、古杣《ふるそま》といって、山のなかで精霊《せいれい》の音がする。天狗倒しとか言われるのもその類いだ」

「ああ、はい」

宮尾がうなずき、

「それは話に聞いたことがあります」

凶四郎もそう言った。

「だが、その手の音は、精霊や妖怪のしわざではなく、天変地異の前触れだという説もある。わしも、地震の前の地鳴りはじっさいに聞いたことがあるがな」

「だが、音だけという怪奇は、確かに興味深いですね」

凶四郎は、川柳の題材でも見つけたみたいに言った。

「では、この話、もっと突っ込んでみますか？」

宮尾が訊いた。

「むろんだ。意外に大きな秘密が潜んでいるやもしれぬぞ」

「では、しばらくあの界隈で夜回りをやりますか」

宮尾は、凶四郎を見て言った。夜回りの先輩に対する敬意らしい。

「いや、夜回りより、あのあたりに泊まり込んでもらったほうがよいかもしれぬ」

「泊まり込むのですか？　番屋にでも？」

「そうではない。ちゃんと宿を取るのさ。そのほうが疲れまい。溜池沿いに、わしの知っている料亭がある。〈青柳《あおやぎ》〉と言って、そこは料理も絶品だ。あそこなら、昼間はゆっくり眠れるだろう。そこに部屋を取ってやろう」

「それはまた贅沢な」

「妙な怪かしを拝む羽目になるかもしれぬのだから、少しくらい待遇をよくしてやらぬとな。ふっふっふ」

「……」

「椀田はまだ新婚だから、外したほうがいいだろう。小力《こりき》に恨まれたくないしな。そうだな、しめさんと雨傘屋に手伝わせるか」

根岸はそう言うと、さっさと立ち上がった。

宮尾と凶四郎は、居候《いそうろう》みたいにそっと、二杯目の玄米飯のお代わりをした。

四

根岸は、私邸から渡り廊下を通って奉行所へ入り、自分の執務部屋の前まで来た。

まだ、あたりは淡い霧でも出ているみたいに、冷たくひっそりとしている。

出所の刻限にはまだ早い。

いちばんに仕事を始めるのが根岸であることは、まったく珍しくない。

廊下から板戸を開けた。

ささっ、ささっ、さささささ……。

かすかな音がした。虫が這《は》う音ではない。風が畳の目をかすめていくような、それが壁から天井にかけて渦を巻くような、しかし、わずかな時間でそれはすっかり消え失せてしまうのだから、風でないことは確かなのだ。

潜んでいたものが逃げて行ったような気配。

「ふふっ」

小さく微笑んで、根岸は机の前に座った。

すると、また、
みしり、みしり、みしり。

という音がした。

今度はひどく重みを感じる音で、それは部屋をぐるりと回っていなくなった。

「ふうむ」

根岸に動揺はない。

それはいつものことだからである。

音だけの怪異。

そうしたものには、しょっちゅう出遭っている。おそらく根岸だけではない。多くの人が出遭っているが、気づかないだけか、あるいは良識の範囲でなにかしらの理由を見つけて、自分を納得させているだけなのだ。

部屋をぐるりと見回した。

南向きの十畳の部屋。廊下があり、軒の庇《ひさし》が長いので、直接、陽は入らない。だが、襖を開ければ、風は四方に通るため、湿っぽくはない。

書類を置く棚に、庶務机、火鉢があるくらいで、荷物はほとんどない。神棚も仏壇もなければ、お札の一枚も貼っていない。

「根岸さま」

後ろで女の声がした。

空耳《そらみみ》である。だが、空耳もしょっちゅうである。

いつも同じ声のような気がする。

以前は、亡妻のおたかの声かと思ったが、やはり違う。おたかなら、「根岸さま」とは言わない。「お前さま」と呼ぶ。力丸の胸のうちの声が届いているのかとも考えたが、力丸の声でもない。

「お助けを」

また聞こえた。

これも空耳である。

もしかしたら、誰かがどこかで、自分の助けを必要としているのかもしれない。そんな江戸の民は、きっと山ほどいる。であれば、どんな助けが欲しいのか？　もう少しはっきりしたことを言ってくれれば、根岸もなにかするのだが、空耳ではそれ以上のことは聞こえない。

――この世には、目には見えぬなにかがある。いや、むしろ大切なこと、肝心なことのほとんどが、目には見えていない。

根岸はそう思っている。

五

「しめさんはもっと嫌がるかと思ったぞ」

歩きながら、宮尾玄四郎は言った。

宮尾としめ、雨傘屋の三人で、赤坂溜池の近くにあるという料亭青柳に向かっている。

「そりゃあ、薄気味悪いですが、音だけでしょ」

「いまのところはな」

宮尾はニヤリと笑った。

「また、そう言って脅かす」

「だって、そうだろうが」

「いいえ。音だけの怪かしは、しょせん音だけなんですよ。姿を見せられないなにかがあるから、音だけで出てくるんです。けっこう気が弱かったりして、そんなに悪い怪かしじゃないんです」

「それは新しい解釈かもな」

と、宮尾は苦笑した。

「でも、宮尾さま、たしかに音だけの怪かしだったら、いままでも何度も出遭っているのかもしれませんね」

しめの後ろから雨傘屋が言った。

「気がつかないのか？」

「ええ。だって、夜の道とか、夜中に厠《かわや》に立ったときとかも、なにがしかの音は聞こえるじゃないですか。それは、じっさいの音ではないかもしれないわけでしょう」

「まあな」

三人は、虎ノ門《とらのもん》近くの葵坂《あおいざか》に差しかかっている。

どんどんどん。

という底籠《そこごも》りのする音が大きくなってきた。溜池の水がお濠に落ちる人工の滝の音で、ここは「赤坂のどんどん」と呼ばれている。文字にすると、なんだか景気のいい音のようだが、じっさいに聞くと、底籠りのする、怖ろしさを感じさせる音である。同じようなところが牛込《うしごめ》にもあり、そちらは「どんどん橋」である。

「逆に、あのどんどんが聞こえなくなっても怖いでしょうね」

雨傘屋がそう言うと、

「あ、それも怖い」

と、しめは肩をすくめた。

溜池のわきにつくられた馬場を右に見て、大名屋敷が並ぶ榎坂《えのきざか》を下って行くと、右側に町人地が見えてきた。さらにしばらく行くと、

「あ、ここだな」

宮尾が立ち止まった。

黒板塀の一部が引っ込んでいて、両脇にあまりみたことがない植栽《しょくさい》がある。黄色い可愛らしい花が咲いている。門の柱に小さな表札があり、〈青柳〉と書かれている。いかにも小粋な造りで、逆に敷居が高く感じてしまう。

「お奉行さまがこんなとこじゃれたところに来てるんですか？」

しめが不思議そうに言った。

「似合わないか？」

宮尾が笑って訊いた。

「そんなことは言いませんが、〈ちくりん〉にいるところしか見たことがないもんで」

「確かにあそことはずいぶん趣きが違うわな」

「あっちは船宿ですからね」

「ここは、白河《しらかわ》の御前がお気に入りのところだそうだ」

「やっぱり」

と、しめは納得した。こじゃれた料亭に通う根岸は、ちょっと遠い存在に思えてしまうらしい。だが、気取ったところがある松平定信《まつだいらさだのぶ》だったら、いかにも好みそうなところである。

門をくぐり、声をかけると、女将が出て来て、

「あ、根岸さまからさっきご連絡がありました。さ、どうぞ」

感じのいい笑みを見せて言った。

商売人の女将というよりは、大名屋敷のお女中頭といった感じの気品が溢れている。

「こちらの部屋をご用意しておきました」

入ったところが四畳半、左手奥に六畳間が二つ並んでいる。どういった人たちが使う部屋なのだろうと、宮尾は首をかしげた。

まずは、茶を淹《い》れてくれた女将が、

「お化け半鐘を探っていただけるのだそうで」

と、言った。

「そうなんだ。女将さんは聞いてないよね？」

宮尾が相変わらずの軽い調子で訊いた。

「聞いてますよ」

「じっさいに聞いてるんだ？」

「ええ。すぐそこに、火の見櫓があるでしょ。それが鳴ったんですよ。三日前の亥《い》の刻《こく》（夜十時）ごろにカーン、カーン、カーンて」

「三度？」

「あたしは三度聞きました」

「数は人によって違うんだ。一度という人もいれば、五度鳴ったという人もいた」

「そうなんですね」

このやりとりに、

「例えばですよ。物干し竿の先に、金槌《かなづち》でもくくりつけて、それで半鐘を叩いて回るなんてこともできるんじゃないですか？」

と、雨傘屋が言った。

「ああ、それは無理でしょう。ちょっと、その火の見櫓をご覧になったら？　上ってみたかったら、あたしが町役人に頼んであげますよ」

女将がそう言うので、宮尾たちはその火の見櫓を見に行った。

料亭の隣が番屋で、その隣に火の見櫓がある。

一目見て、

「ああ、これは無理か」

と、雨傘屋が言った。

ここの火の見櫓は、番屋と一体にはなっていないが、三階建ての屋根くらいの高さがあり、これに届くほど長い物干し竿はなかなかないだろう。しかも、半鐘のあるところは屋根で覆われ、周囲に梁などもあって、下から叩いたり、突っついたりということは、まずできそうもない。

「雨傘屋。のぼってみよう」

と、宮尾は言った。

昨夜は、椀田とともに、夜中に鳴ったという半鐘を四つほど見て回ったが、火の見櫓の上にのぼることはしなかった。まだ明るいいまのうちにのぼれば、いろいろ見えてくるものもあるに違いない。

しめはさすがに、「あたしも」とは言わないので、宮尾と雨傘屋が上までのぼった。

「なるほど。これはいい景色だ」

宮尾は呑気なことを言った。

道を挟んだ前は、広大な大名屋敷である。裏手が外濠をかねた溜池で、一面、蓮の葉に覆われている。その向こうもやはり大名屋敷や、山王神社《さんのうじんじゃ》の森で、緑に溢れた光景になっている。吹いてくる風も、梅雨どきとは思えないくらい乾いていて、弁当でも食いながらいつまでもここで景色を眺めていたい。

こんなところで、奇妙な半鐘の騒ぎが起きているのが、不思議な感じだった。

六

晩飯まではまだ半刻（約一時間）以上あるので、三人で湯屋に行くことにした。

この料亭には内風呂もあり、「どうぞ入ってください」と言われたが、近所の噂を聞き込むには湯屋がいちばんなのである。次が床屋。飲み屋もよさそうだが、飲み屋で聞く話はホラが混じるので、逆に信用が置けない。

ここらは、お城の周囲だけあって、混浴ではない。まるで乙女のように、「混浴だったらあたしは入らない」と言っていたしめも、喜んで入ることになった。入り口で、しめと別れ、宮尾と雨傘屋は男湯に入った。

まずはざくろ口をくぐって湯舟に浸かり、洗い場に座って、ぼんやりしていた七十くらいの年寄りに、

「今日も半鐘は鳴るかね」

と、雨傘屋が声をかけた。

「ああ、鳴るな。人騒がせだよな」

「化け物のしわざだなんて言ってるのもいるけどね」

「いや、化け物だろう。誰も人が叩いているのを見てねえっていうんだから」

「悪戯ってことはないかね」

「悪戯でどうやって半鐘を鳴らせるんだ？」

「まあ、そこは工夫次第で」

「馬鹿言っちゃいけねえ。よお、彦市《ひこい》っつぁん。音だけの化け物っているよな」

隠居が声をかけた男がこっちを振り向いた。どうやら、盲目の揉み治療師らしい。

「いますとも」

彦市は当たり前だというようにうなずいた。

「でも、どっちにせよ、姿は見えないんじゃないのかい？」

雨傘屋は遠慮がちに訊いた。

「姿が見える見えないじゃなくて、触れられるか触れられないかなんですよ。音や声はしてるのに、触ることもできないし、匂いも気配もない。それって、音だけの化け物なんじゃないですか？」

「なるほど」

と、雨傘屋も納得し、

「彦市《ひこいち》さんも半鐘の音は聞いたかい？」

「ええ、聞きました。頭のすぐ上で鳴ってましたから。そこには、火の見櫓なんかありゃしないのにね。魂消《たまげ》ましたよ。あたしは滅多に洩らしたりしませんが、そのときは洩らしました」

「じゃあ、彦市さんも、あれは怪かしのしわざだと？」

「あんなところで鳴ったんだから、そうとしか思えませんね。ただ、怪かしが出るには相応のわけがあると思うんですよ。溜池に誰かが半鐘を抱いたまま沈んだとか、辻斬りに斬られた首が飛んで、半鐘に当たったとかね。いったいなぜ、この溜池界隈に、半鐘の怪かしが出るようになったのか、そのわけは知りたいものですな」

「確かにな」

ほかにも三人ほど声をかけたが、いずれも怪かし説を支持しているようだった。

湯屋から出ると、しめが先に出ていて、

「ここらの人は皆、あれは怪かしのせいだと思ってるみたいです」

と、言った。

「男湯のほうも同じだよ」

宮尾がうなずいた。

「しかも、半鐘だけじゃなくて、火消し婆も出てるって話です」

「火消し婆？　ここにも出てるのか？」

そういえば、喜三太の家は、この先の赤坂田町だった。

「ええ。失火があると、どこからともなく現れて、火を消して行ったというんです。じっさい見た人がいるらしいですよ」

「ふうむ」

「生きてるときの婆さんを知っているという女もいました」

「生きてるときだと？」

「ええ。この近所に住んでいたおたまってお婆さんが、火事で亡くなったんだそうです。捨て猫を何匹も世話したり、捨てられた草鞋《わらじ》をほぐして筵《むしろ》を編んだりしていた奇特なお婆さんで、そのおたまさんの霊が、火を消して歩いているんですって」

「亡くなったのはいつだ？」

「あたしに話してくれた婆さんが、子どものころだったそうです」

「じゃあ、もう五十年も前のことか。それって、どうなんだ？」

「あたしもそのことは言ったんです。ずいぶん古い霊が、いまごろになって出たのかいって。そしたら、怪かしには、年月は関係ないんだって。だから、あれは江戸の民の味方で、見かけても後を追いかけたりしてはいけないよ、女岡っ引きだかなんだか知らないけどって、釘を刺されました」

「女岡っ引きって、しめさん、もしかして、十手を持って湯に入ったのか？」

「あたしはあれだけは、死んでも肌身から離しませんよ」

当然のことのように、しめは言った。

湯屋からもどると、すぐに晩飯が出た。

「これはまた……」

三人は目を瞠った。

賄《まかな》い飯《めし》とまではいかなくても、そんな立派な飯のわけがないと思っていたら、ちゃんとした客に出すような、豪勢なお膳なのである。

二の膳まであり、一の膳には鯛の刺身に卵焼きがあり、二の膳にはうなぎの蒲焼きがあった。雨傘屋は、

「いままで食べた飯のなかで、いちばん豪華です」

と言い、しめは、

「あたしは二番目かな」

と、明らかに見栄を張った。

「お酒をつけたいところですが、根岸さまに叱られるでしょうから」

と、代わりに大きな茶碗に上等な茶をたっぷり淹れてくれた。

湯上がりに、ごちそうで満腹になれば、どうしたってうとうとしてしまう。三人が腕枕で横になっていると、どこかで半鐘が鳴った。

「隣か？」

宮尾が立ち上がりながら雨傘屋に訊いた。

「いや、もっと遠かったと思います」

三人は急いで通りに出た。

カーン、カーン、カーン、カーン。

鳴っている。火事のときの半鐘より、間が空いている気がする。

「向こうだ」

今日、ここへ来るときに通ってきた町並である。そこは、芝青松寺門前町《しばせいしょうじもんぜんちょう》の代地になっている。

怖ろしそうに肩をすくめて家の前に出ていた者に、

「番屋はどこだ？」

と、訊いた。

「ここは番屋がないんです。そっちの永井町《ながいちょう》の代地といっしょになってまして」

「では、火の見櫓は？」

「それもありません」

「では、ない半鐘が鳴ったのか？」

「そうみたいです」

どういうことかわからぬまま、町内を見て回る。

二人連れの男たちと出会った。

「お前たちは？」

「商用で来ていて、日本橋に帰る途中です。半鐘が鳴っていたので、どこが火事なのかと見回しながら来たところです」

「どこで鳴っていた？」

「ここらで鳴っていたような気がしました」

だが、指差したあたりにあるのは、柳の大木である。風があり、深い悩みがある女のざんばら髪のように波打っている。

「なんてこった」

宮尾は、二人の男に帰っていいというように、手を日本橋のほうにひらひらさせた。

「あ、宮尾さま。向こうでも」

雨傘屋が耳に手を当てて言った。

今度は赤坂田町のほうで半鐘が鳴っている。

「よし、行くぞ」

三人で駆け出したとき、

「あれ？」

宮尾が足を止めた。

「どうしました？」

いま、道の反対側を逆のほうに歩いて行った女。気づいて振り向いたときは、路地を曲がって見えなくなった。

「知っている女を見かけたんだ」

元数寄屋町一丁目の、飲み屋の女、お糸。

夜目にも白い、きれいだけど、人形みたいに表情の乏しい顔。ちょっと透けて見える気がする首筋。身体の重さを感じさせない歩き方。見間違えではない。

――なんで、こんなところに？

そう思ったが、いまはそれどころではない。

まだ鳴っている半鐘の音をめざして駆け出した。

七

話は少し遡《さかのぼ》るが――。

夕方、凶四郎は源次とともに、四条屋を訪れていた。

今日は後をつけたりすることに備えて、おなじみの同心姿ではない。目立たない茶の着物に黒の袴をつけている。一本差しで、十手は懐の内側に隠した。

店は、客が入っているせいか、夜に見たときより、ずいぶん大きく見える。間口も十間（約一八・二メートル）以上あるだろう。

京唐紙を使った襖の見本がずらりと並べられ、いかにも華やかである。京都というところは、極楽の次にいいところで、ボロ障子戸の家に住んでいる者など、一人もいないような気にさせられる。

源次は表に待機させておいて、凶四郎が一人でのれんをくぐり、

「あるじはいるかい？」

近くにいた手代に訊いた。

「旦那はしばらく、京都の本店のほうに行ってまして」

「この店の手代で、最近、亡くなった者はいないかい？」

「いいえ」

いったい何を言い出したのかというように目を見開き、首を横に振った。

「番頭を呼んでくれ」

「どちらさまで？」

「……………」

無言のまま、凶四郎は懐の内側の十手を見せた。

「ただいま」

と、慌てて番頭を呼んで来た。

「町方の旦那がどんな御用でしょう？」

そう訊いた番頭は、およそ京都らしくない、山奥で獣相手にバクチでもしていそうな顔をしている。こいつには、何も知らないとは、言って欲しくない。

「この店で、近ごろ手代が死んでるよな？」

凶四郎は、決めつけるように訊いた。

「いいえ。誰も死んでなどいませんが」

嘘を言っているようには見えない。

「博多屋という店は知っているか？」

「ああ、はい。九州の福岡藩に本店がある大店ですね」

「何かつながりでも？」

「というか、福岡藩では良質の紙をつくっていますので、手前どもでその商いの手伝いを始めているところでして」

「博多屋は？」

「博多屋さんも紙の扱いはしてましたが、ただ、主な品は博多帯や久留米絣《くるめがすり》でしょう。あたしどもなどは、相手にならないと思われているのでは」

「なるほどな。ところで、ここに、通旅籠町の宿に泊まっている者はいないかい？」

「いや、そういう者は？」

だが、顔は変わっている。熊に似ていたのが、いまは狐に似ている。

「あんた、臭いな」

「え？」

「怪しいってことだよ」

そう言って、店内をさらに見回した。

すると、店の一角で花火を売っているのに気づいた。

「紙問屋が花火を？」

「ええ。花火は紙も使いますし、うちは近江《おうみ》の国友《くにとも》村と縁があって、そっちの商いも手掛けているんですよ」

「ほう」

国友村と言えば、鉄砲鍛冶《かじ》が有名で、火薬の扱いにも慣れているはずである。

ガタガタと、戸締りの音がし出した。

「もう店仕舞いか？」

「旦那。外はもう暗くなってきてますよ」

「そうか。じゃあ、また来るよ」

「……」

　番頭は返事をしなかった。

　凶四郎は外に出て、歩き出した。源次が後から来て、

「なにか、わかりましたか？」

「いや。だが、怪しいこと、この上なしだ」

　しばらく店のようすを窺うことにした。凶四郎がいたあたりに塩を撒《ま》くようなことともなく、戸締りが終わると、店全体は静かになった。

　周囲の店も、同じように戸締りを終えている。

　やがて、二人連れの男たちが来て、ふと足を止めた。

「おい、源次、あいつは……」

　眉が、剃っているように薄いので、見間違えようがない。

「あ、博多屋の男ですね」

「連れがいるな。通旅籠町の宿にやって来たのも二人連れだったんだよな」

　二人はまた歩き出し、凶四郎たちには気づかず、通り過ぎた。

「追いますか？」

　源次が訊いた。

「ううむ。どうしよう。おれは、またもどって来る気がするな。源次、一人で追ってみてくれ。おれは、四条屋を見張っている」

「わかりました」

しばらく待った。四条屋には、とくにおかしな動きはない。四半刻（約三十分）ほどして、博多屋の男がやって来た。今度は一人である。凶四郎が身を隠していると、後から源次が来た。

「おい」

陰から声をかけた。

「あ、旦那」

「どうだった？」

「やっぱり、殺しの下手人はあいつらですよ。二人は、あの旅籠の前に行きまして、どうやら逃げたほうがもどってないか、確かめていたみたいです」

「そうか」

「それで、一人は途中で、堀留町《ほりどめちょう》のほうに曲がって行きまして」

博多屋の男はしばらく四条屋を見ていたが、なにかを諦めたというようすで、この前の道を歩き出した。

「博多屋にもどるんですかね」

「たぶんな」

いったい、あいつらはなにを目論《もくろ》んでいるのか、さっぱりわからない。ただの商売敵同士が人殺しまでするとは考えられない。それとも、よほど大きな儲け話でもからんでいるのかもしれない。

とりあえず、後を追った。

日本橋を渡り、通三丁目近くまで来たときである。

博多屋の男は、急に右の通りへと駆け込んだ。

「なんだ？」

「気づかれたんですかね？」

「振り向いたようすはなかったがな」

走って後を追った。

だが、男はどこにも見当たらない。さすがにこのあたりは、店じまいの後も、荷運びなどがあるらしく、荷車が通り過ぎて行った。

「駄目だ。いないな」

見失ったらしい。もっとも、博多屋はすぐそこである。裏口から逃げ込んでしまったのかもしれない。

「踏み込みますか？」

「怪しいのがいるだろうってか。どうにでもごまかせるさ。それより、明日、表から乗り込むことにしようぜ」

根岸にも、殺しの下手人のあたりがついたことは、報告しておきたかった。

八

昼過ぎに起きた宮尾たち三人の前に、朝食が出された。いろんなおかずがあるのに、納豆と、昨夜の残りものがない。

「あんまりうまい朝ごはんは、働く気を削《そ》ぎますね」

と、しめはバチでも当たるのではないかと、心配になってきたらしい。

それで、飯を済ませると早々に、切絵図《きりえず》を前にして、昨夜のできごとを再度、検討した。夜中に鳴った火の見櫓の場所を書き込んでいく。

すると、しめが、

「あれ？」

小さな目が、しじみが口を開けたみたいに見開かれている。

「どうした、しめさん？」

「偶然ですかね」

「なにが？」

「ここは福岡藩、黒田家の中屋敷ですよね」

丸々と肥った人差し指を、切絵図の真ん中に置いて言った。

その福岡藩邸を囲むように、半鐘が鳴ったバツ印が書き込まれている。

「ああ」

「喜三太の建てた赤坂田町の家はここですよ」

そこも、バツ印の近くである。

「そうだな」

「それで、宗源火が出た深川の徳州屋の別宅の後ろにも、福岡藩の下屋敷があったじゃないですか」

「あったな！」

宮尾は膝を打った。

「これって偶然ですかね」

「ふうむ。確かに気になるな」

だが、大名家がからんだりしたら、調べは俄然、面倒なことになる。

「陽のあるうちに、お奉行に伝えて来るか」

と、立ち上がった宮尾をしめが、

「あの、宮尾さま」

もじもじしながら呼び止めた。

「ん？」

「それに気づいたのはしめのやつだと、ひとこと言い添えていただけると」

「わかった。褒美をねだっていたとな」

「そんな。それはやめてください。そんなこと、おっしゃるんだったら、伝えていただかなくてけっこうですから」

しめは、餌を待たされている犬のように、じたばたした。

「あっはっは」

笑いながら、宮尾は奉行所に向かった。


「ほう。それは面白いところに気づいた」

根岸も、宮尾がしたように膝を打った。

「しめさんが気づきまして、そのことは御前にぜひ伝えてくれと」

「褒美が欲しいわけか？」

「そういうわけでもなさそうです」

「じつは、土久呂のほうで、通旅籠町で起きた殺しを追っているのだが、そっちでは博多屋という店がひっかかってきてな」

今朝、その報告を受けたのである。報告した凶四郎は、いまごろは熟睡のさなかだろう。

「博多屋……福岡藩につながるのでしょうか？」

「まだ、わからぬがな」

根岸は、つながるとみているらしい。

「では、また溜池のほうにもどります。なんとか今晩のうちには、正体を見極めたいと思いますので」

と、宮尾は言った。いつまでもあんなごちそうを食べているのは気が引けてしまう。

奉行所を出て、数寄屋橋を渡ったところで、昨夜見かけたのが、本当にお糸だったのか、気になってきた。

元数寄屋町一丁目の店をのぞいてみることにした。まだ、開けてはいないだろうが、仕込みくらいは始めているかもしれない。

店の前に来ると、貼り紙がしてあった。

夏のあいだ、お休みします

「なんだよ。暑いときは働きたくないのかよ」

宮尾は拍子抜けしたように言った。

九

この日の夕方——。

凶四郎は、正面から博多屋に乗り込むことにしている。すでに根岸の許可も得た。

奉行所まで来ていた源次とともに、通三丁目に向かっていると、中橋広小路《なかばしひろこうじ》を過ぎたあたりで、左に入る道で騒ぎが起きているのに出遭った。

上槙町《かみまきちょう》の通りで、木戸番の年寄りが外に出ていたので、

「どうした？」

と、訊いた。

「人が殺されたみたいです」

「殺し？」

「あっしは見てないんですが、なんでも向こうに大八車が置きっぱなしになっていて、てっきり前の店のものだと思っていたら、違うというので、よく見たら、漬け物樽のなかに死体が入っていたんだそうです」

「もしかして、それは四輪の大八車か？」

「あ、そうです」

「おい、源次」

と、凶四郎は源次を見た。

源次はうなずいて、

「ええ。博多屋の男を見失ったときに見ました」

大八車が通り過ぎたのだ。ふつう、二輪のものが多いが、それは荷物が多い場合に使われる四輪の大八車だった。二輪のように小回りはきかないが、安定がいいので、大店などではよく使われるのだ。

現場へ駆けつけた。

「町方がお出でになった」

と、声がして、野次馬たちが散らばった。

「そのなかか？」

見覚えのある町役人に訊いた。

「はい」

大きな漬け物樽が四輪の大八車に乗っている。凶四郎と源次は、その荷台に乗って、樽のなかを見た。

男が足を上に顔を下にして、ひっくり返ったように入っていた。眉が薄い、あの男に間違いはない。胸のあたりに血が広がっている。どうやら、胸を刺され、すぐに樽のなかへ投げ込まれたらしい。

「やっぱりだ」

博多屋の男は、見失ったのではなかった。

殺されていたのだった。

「検死役が来る前に、あんまり触らないほうがいいな」

そうは言ったが、凶四郎は男のたもとになにか入っているのが気になる。

それだけは見ておくことにして、出してみると、

「なんだ、位牌じゃねえか」

と、凶四郎は不審そうに言った。

立派な位牌である。

表には、

「誓寿院陽○春○大姉」

裏は、

「俗名　おと○」

とある。○のところは、文字が剝《は》げたかして、よく見えない。

「なんで位牌なんか？」

このせいで殺されたのか。さっぱりわけがわからない。

検死役たちが駆けつけて来たので、現場の処理はまかせ、凶四郎と源次は博多屋に乗り込んだ。

あるじを呼び出した。あるじにしてはずいぶん若い。まだ三十代ではないか。

「江戸店の店主をしている宗右衛門《そうえもん》ですが」

「ちっと死体を見てもらおうか」

凶四郎は、懐の十手を見せてすぐに言った。

「死体をですか？」

「たぶん、あんたにとって大事な人だぜ」

「どういう意味でしょう？」

ためらっていたが、無理やり、大八車のところに連れて来た。

「なかにいる男を見てくれ」

と、背中を押した。

「うえっ」

宗右衛門は吐きそうな声を上げた。

「あんたの店の者だよな？」

「……」

動揺した表情で黙っている。

「しらばくれると、あんたをしょっぴくぜ」

「確かに博多屋の手代ですが、ただし博多の本店から来ていた者で、江戸店の商売とは別に動いておりまして」

「なにもわからねえってか」

「おっしゃるとおりです」

「名前くらいはわかるだろうが」

「佐蔵《さぞう》といいました」

「もう一人、来てるよな？」

「いや、佐蔵だけですが」

そうすると、もう一人は別の仲間なのか。

「この男は、これを持ってたんだ。位牌なんか持っているのって変だろう」

凶四郎は位牌を見せた。

「はい」

「誰の位牌かわかるかい？」

「いいえ」

激しく首を横に振った。嘘を言っているようには見えない。

「四条屋ってえのは知ってるよな？」

「ああ」

「博多屋のなんなんだ？」

「四条屋は京唐紙の問屋なんですが、福岡藩の紙の商売にからんできてまして、そのほかにもいろいろ商いを広げたいらしくて」

「藩のお役人にも接近中ってわけか？」

「そこらのことは、あたしには……」

たぶん言えないのだろうが、いまはここまでにしておいたほうがよさそうだった。

十

この晩——。

宮尾たちがちょうど夕食をとっているとき、

「ここかな」

襖が開くと、なんと根岸がやって来たではないか。

「御前」

「お奉行さま」

三人は、箸を置いてかしこまると、

「いいんだ、つづけろ。陣中見舞いに来てみたのだ」

「それは畏れ入ります」

今日もごちそうが並んでいるので、宮尾も恐縮している。

「それに、しめさんが褒美を欲していると聞いたので、好物のところてんを持ってきたのさ」

根岸が包みを差し出した。

「もう、宮尾さまったら。あたしは褒美なんていらないと言ったじゃないですかあ」

しめは赤くなって身をよじるようにした。

「あっはっは。しめさんがそんなに照れると、わしまで恥ずかしくなる」

「そんな、お奉行さま」

しめは、タコの盆踊りみたいなしぐさをした。

「御前は夕飯は？」

宮尾が訊いた。

「まだだが、わしはこういうごちそうは食わないようにしているのだ。歳を取ったら、ごちそうは身体の毒なのでな」

それはしばしば言っていることである。

そのとき、

「あ、鳴ってます」

と、雨傘屋が言った。

皆、耳を澄ました。

「ほんとだ」

「ええ」

次に宮尾としめが気づいたが、

「わしには聞こえぬ」

根岸は苦笑した。六十も半ばになり、耳が遠くなっているのか、それとも根岸にはまやかしの音は聞こえないのか。

「よし、行くぞ」

料亭から出た。

根岸の供をしてきた椀田と中間二人もいっしょになって、半鐘が鳴っているほうへ走った。赤坂田町の喜三太が建てた家の前を通り過ぎる。どうやら、半鐘は四丁目で鳴っているらしい。

「あそこです、御前」

宮尾が火の見櫓の上を指差した。

番太郎らしき男が上にいる。

「いま、半鐘を叩いたのはそなたか？」

根岸が上に向かって訊いた。

「はい。でも、火は消えたそうです」

「消えた？」

「そっちの裏道が出火どこだったみたいですが、もう消えたと」

番太郎が指差したほうに向かった。

十数人が集まっていた。

「火が出たのか？」

根岸が訊いた。

「はい。通りかかったら、そこが燃え上がっていたので、火事だと叫びました。かなり、勢いよく燃えていたのですが」

家族連れの父親らしい男が言った。

見ると、塀の一部が焦げ、筵の燃えカスのようなものも散らばっている。

「そなたたちが消したのか？」

「違います。火消し婆が消したんです」

と、今度は母親のほうが言った。

「火消し婆が？」

「あたしは、この子たちを火から遠ざけようとしてて気づかなかったのですが、この子たちは見たと言ってます」

母親のそばにいた女の子と男の子がうなずいた。女の子は七、八歳、男の子はそれより一、二歳下だろう。どちらも利発そうな顔をして、根岸を見ている。

「見たのか？」

と、根岸は訊いた。

「はい。ぱっと火を消したの。凄いって驚いたの」

女の子が言った。

「お婆さんだったんだな？」

「真っ白い毛だった」

「火消し婆だと、よくわかったな？」

「お湯屋で聞いてたから、火消し婆が助けてくれるって」

「そうか。それで、火消し婆はどっちに行ったんだ？」

「わかんない」

どうやら、母親に引っ張って行かれたので、その後のようすは見ていなかったらしい。

「やだなあ、火消し婆って」

と、しめが言った。

「どうしてですか、親分？」

雨傘屋が訊いた。

「二十年後には、あたしがそれになっていそう。火消し婆か、あるいは十手婆」

根岸の耳に届いたらしく、愉快そうに笑った。

料亭のほうへもどろうとしていると、また半鐘が鳴った。

「今度は、青柳のそばの火の見櫓です」

椀田は凄い勢いで駆けた。

根岸たちが少し遅れて着くと、椀田が櫓を見上げて首をかしげていた。

「どうした、椀田？」

「誰もいません。やはり怪かしの音だったのでしょうか？」

「いや。ちゃんと鳴っていた。あれは怪かしの音ではない」

根岸が断言した。

「でも、誰も下りて来てませんよ」

「なにか仕掛けがあるのだ。のぼってみよう」

　根岸も火の見櫓にのぼることにした。

　宮尾が先で、雨傘屋、根岸、椀田の順に梯子《はしご》をのぼった。椀田は、根岸が落ちてきたときに受け止めるつもりらしい。しめは、下で見守っている。

「御前。大丈夫ですか？」

　宮尾が上から訊いた。

「年寄り扱いするな」

「でも」

「わしは、若いときは猿飛《さるとび》根岸と呼ばれていたのだぞ」

「そうなので？」

「冗談だ」

　宮尾と雨傘屋はたちまち半鐘のところに着いて、雨傘屋が持っていた提灯で梯子の足元を照らすようにした。

「椀田。そなたは途中で止まっておれ。そなたが上に来ると、重みで崩れるかもしれぬ」

　根岸が下を見て言った。

「はあ」

根岸もようやく上まで着いた。

半鐘を調べ、足元もつぶさに見た。

「これは」

どんぐりが落ちていた。一つではない。二つある。

「仕掛けはこれだな」

と、根岸が言った。

「どんぐりですか？」

雨傘屋が意外そうに言った。

「宮尾なら、下から当てるのも簡単だろう？」

宮尾は手裏剣の名手である。

「当てることはできますが、もっと重い音でしたよ」

「よし。下に降りて試してみよう」

全員、下に降りた。

前の福岡藩邸にクヌギの巨木があり、そこから落ちたドングリがいっぱい転がっている。その数粒を拾って、宮尾は上の半鐘めがけて投げた。

かーん。

と鳴ったが、ずいぶん小さな音である。

「これは違うでしょう」

「いや、これだ。どんぐりを数十個、飯粒かなにかでくっつけて、それを数人で放るのだ。宮尾のように百発百中とはいかなくても、何発かは当たる。当たるとばらけてしまうので、わからないのだ」

「ははあ」

　宮尾はうなずいた。

「おそらく、別の仕掛けもある。そっちの屋敷のなかから、長い棒を突き出し、その先に半鐘がくくりつけてあるのだ。小さなバネのようなものもあり、引っ張れば、半鐘を叩くこともできるわけだ。どうだ、雨傘屋、そんな仕掛けはつくれるよな？」

「簡単です」

「何度も鳴るほうはそれだろう」

「それだと合点がいきます」

　雨傘屋は言った。

「半鐘の謎は解けました。だが、なんのためにそんなことを？」

　と、宮尾が訊いた。

「おそらく、火事を起こそうとする連中がいるのだろう」

根岸は言った。

「はい」

「それを阻止しようとする連中もいる」

「その者たちが半鐘を鳴らしているのですね」

「たぶんな。火消し婆というのもそれだろう。だがそれは、江戸を火災から守るためではなく、火事を起こそうとする連中に対抗するためだろうな」

「なにやら権力争いの匂いがしますね」

と、椀田が言った。

「それだろうな」

根岸はそう言って、福岡藩邸を見た。

福岡藩五十二万石の赤坂の中屋敷は、およそ二万坪の広大な敷地である。

ここからだと、木々に囲まれて建物内の明かりは見えていない。生暖かい初夏の夜のなかに黒々と広大な森が横たわっている。そこには、人ではなく、獣と精霊たちが蠢《うごめ》いているようにも見えた。

第四章　火の玉小僧と火消し婆

一

夜五つ（八時）近くになっていただろう。

溜池沿いの道である。

まだ、人通りもある。池の端《はた》には、団扇《うちわ》片手に飛び交うホタルを眺めに来ている女たちがいた。ホタルは湧き水のある周辺にずいぶんといる。人懐っこそうなホタルで、指を出すと、女たちの指先にとまってくれそうである。

フクロウが、わけありげな声で鳴いた。ここらは大名屋敷の森が多いので、あらゆる野鳥が巣をつくっている。

そこへ、カシャカシャカシャカシャという、情緒に欠ける荷車の音が近づいて来た。四輪の大きな荷車で三台。山ほどの荷を積んでいる。

引いているのは一台につき牛一頭だが、それに人足が二人ずつ付いていて、牛を引いたり、後ろから押したりしている。

荷は重いものではない。干し草と干し藁である。どうやら、郊外でつくられたものを江戸市中の大名屋敷あたりに運んでいるらしかった。

下り坂から平らな道にさしかかったときだった。

突如、道のわきから異様なものが出現した。

それは小さな子どものようだった。子どもが走っていた。

子どもは全身、火ダルマだった。頭から足先まで、真っ赤な炎に包まれていたのだ。

それでいて、走っているのだ。

目の前でそれを見た通りがかりの男が、

「火の玉小僧だ!」

と、叫んだ。

その叫び声で、近所にいた者もいっせいにそちらを見た。

「きゃあ」

という悲鳴も上がれば、この燃える小僧はどこかに愛らしさをひそませていたのか、

「あら」

と、思わず微笑んだ女までいた。

火の玉小僧は、三台つづいていた真ん中の荷車めがけて突進した。そのころには、炎の色も変わっていた。朱に近い赤だったのが、紅に近い赤になり、さらに青や緑が混じるような奇妙な炎になっていた。爆発の気配もあった。

そばにいた人足たちは気づいたが、どうすることもできない。

「なんだ、こいつは」

「あぶねえ、火傷するぞ」

慌てふためいて逃げ腰になっている。

牛が恐怖で逃げようとして、前の荷車に衝突したりした。

火の玉小僧はまっすぐ、真ん中の荷車に積まれた干し草の山に突進した。すると、爆発こそしなかったが、勢いのある炎をつけられて、干し草の山は、たちまちメラメラと燃え上がった。

本来なら、火のついた子どもをなんとかしなければならないのだろうが、思いがけない事態に慌てふためくばかりである。

「大変だ。牛まで焼けちまうぞ」

「綱をほどけ」

確かに、これで三頭の牛までが暴れ出せば、怪我人なども出てしまうだろう。

炎のなかで牛の綱がとかれ、人足たちは暴れないようなだめながら、燃える荷車からどうにか遠ざけた。

そうこうしているうち、燃えた干し草が飛び、前後の荷車にも燃え移った。

すると、三台の荷車は燃え上がり、炎は二階建ての家ほどにふくれ上がって、赤々と周囲を染めた。

近くにある芝永井町代地の火の見櫓の半鐘に、番太郎が駆け上がり、半鐘を叩き始めた。

そのときだった。

近くの福岡藩邸の正門が開くと、いっせいに数十人の男たちが飛び出して来た。半鐘を聞いたからというより、あらかじめ用意してあったがごとくの素早さだった。

「黒田さまのところの火消し衆だ」

誰かがそう言った。すでに、ここらでは知られた存在だったらしい。

男たちの動きは機敏だった。

まずは、火事の状況を見て取ると、

「水をかけろ！」

「おうっ」

火消し衆は、水の入った樽を何十と積んだ荷車から一つずつ取り、それを燃え盛る荷車めがけてかけ始めた。

じゅっ。

と、小気味よい音を立てて、一瞬、真っ赤な炎に黒い穴が開いたようになる。そこだけが消えたのだ。泥が焼けたような、不快な臭いがあたりに漂った。

しかし、炎の勢いも負けてはいない。消えたかと見えて、すぐに勢いを取り戻す。

「第二番！」

この一団の長らしき武士が叫んだ。まだ若者と言える歳ではないか。丸い、装飾がほとんどない兜をかぶり、刺し子のような羽織を着こんでいる。

「おう」

いっせいに返事が上がった。

次に彼らがおこなったのは、溜池と燃える荷車のあいだにずらりと並び、溜池から汲んだ水が入った桶を次々に手渡し、荷車の近くにいる者が、その水をかけ、空になった桶を手渡してやる。その繰り返しで、休むことなく水をかけつづけるという作業だった。

これはかなり訓練をしてきたらしく一糸の乱れもない。

江戸の火事では、竜吐水《りゅうどすい》と呼ばれる噴水装置による消火活動もあったが、それよりは燃えるものを取り壊す、すなわち家屋の破壊が基本になる。しかし、この火消し衆たちは、家屋の破壊はまったく試みず、水をかけることを第一とするらしかった。

「おうさ、おうさ」

という掛け声がつづいた。

さほど経たずに、結果はものの見事に出た。

火事は消えたのである。

一軒の類焼もなかった。

町火消しや、町方の役人が駆けつけて来たときは、すでに福岡藩の火消し衆は、門のなかへ入ってしまっていた。礼は要らぬとばかりの、まるで悪党を斬り捨てた剣豪のような、鮮やかな立ち去りようだった。

「さすがに黒田さまだ」

「博多火消しというそうだ」

「こりゃあ、加賀鳶や有馬火消しもうかうかしてられねえなあ」

町人たちのあいだで、称賛の声が上がり、それは江戸市中に広まっていった。

二

「火の玉小僧だと」

根岸は顔をしかめた。

報告しているのは、椀田豪蔵である。椀田は、溜池わきの火事の現場からもどったばかりだった。昨夜遅くに駆けつけ、朝になってようやく奉行所に帰って来た。

「燃えながら、荷車に突進し、たちまち三台の荷車を炎上させたそうです」

「ふうむ」

「あのあたりの者は、怪かしのしわざだと言っていますが、そんな怪かしがいるのですか？」

「知らんな」

根岸は苦笑して言った。

一つ目小僧だの、豆腐小僧だのと呼ばれる妖怪はいるが、それらはどうも面白がられ、愛されている気配がある。それらに加えようとしたのか。やはりつくりごとめいた匂いがする。

「雨傘屋はおらぬか？」

根岸は、同心部屋のほうに大声で訊いた。

「いません。先ほど、火の玉小僧の話を聞くと、しめさんを急《せ》き立てるように、飛び出して行きました。一刻も早く、焦げ跡などを検分したいと」

椀田が言った。

「さすがだな」

「それにしても、福岡藩の火消しは見事だったようです」

「いままではあまり聞かなかったが、新たにできたわけではなかろう」

「ええ。もちろんいままでもあったみたいです。ただ、人手を増やしたり、半纏を揃えたり、ずいぶんテコ入れをしたみたいです。近所の火事でも、出て来ていましたが、今回ほど胸のすくような活躍をしたのは、初めてだそうです」

「なるほど」

「巷では称賛の嵐だそうです」

「……………」

根岸は苦い顔である。

「お奉行。これも一連の騒ぎでしょうか？」

椀田は訊いた。

「そう考えるのが自然だろうな」

「深川の宗源火、赤猫喜三太の騒ぎのときに出てきた火消し婆、赤坂の半鐘騒ぎ、そして火の玉小僧ですか」

「赤猫喜三太のときは、便乗したようなものかもしれんな」

「福岡藩といったら、大藩ですよね？」

根岸は大きくうなずき、

「黒田家は五十二万石あるからな」

「外様ですね？」

「いちおう松平の名はもらっているがな」

「面倒ですね」

そう言って、椀田は下がった。

しばし仮眠を取って、また火事の現場に行くつもりらしい。

椀田が言ったように面倒なことになりそうである。もともと、九州の大名というのは、いろんなことで面倒なのだ。

「待たせたな」

根岸が次に声をかけたのは、土久呂凶四郎である。

「いえ」

凶四郎は、昨日の朝、女中頭のお貞に頼んで預けておいた位牌のことで、根岸の意見を聞くつもりで待っていたのだ。

根岸は袱紗《ふくさ》に包んであった位牌を手にして、

「この位牌、もしかしたら黒田家につながるものかもしれぬな」

「わたしもそう思います」

「なぜ、持ち歩いていたのか。どこかに届けるところだったのか」

「あるいは盗んできたところだったのか」

「む。それか、殺されてから入れられたのか」

「なるほど」

凶四郎は膝を打った。それは思ってもみなかったらしい。

「この位牌が誰のものか。わしにはわからぬが、ご老中あたりは、なにか見当がつくのかもしれぬ」

これを見せぬまでも、黒田家の事情については訊いておくべきかもしれない。

「では、そのままお預かり願います」

「うむ。それでな、土久呂」

「は」

「とりあえず、通旅籠町と通三丁目の殺しについては、調べを終えてよい」

「よろしいので？」

「これは、大元の問題を解決しないと、真実は摑めぬだろうからな」

「わかりました」

根岸は次に、江戸全域を描いた切絵図を広げ、

「いまの心配は、福岡藩がらみで大火が起きてしまうことだ。上屋敷は、ここ、霞

が関にあるが、おそらくここは大丈夫だろうとわしは思っている」

「はい」

「気をつけるのは、赤坂の中屋敷だが、この周辺は椀田と宮尾、さらにしめさんなども警戒している。ほかに深川の下屋敷があり、それと麻布日《ひ》ケ窪町《がくぼちょう》には、家臣が屋敷を持っている。そなたにはこちらを見回ってもらいたい。人手がいるなら、辰《たつ》五郎《ごろう》のところの者を使ってくれ」

辰五郎はしめの娘婿で、いまや神田の大親分として人望も厚い。

「わかりました」

凶四郎はいまから眠りにつくのである。

三

雨傘屋がしゃがみ込んで、というよりカエルのように地面に這いつくばって、焼けた跡を検分している。もしかしたら砂金の粒でも探しているのかと、近くにいる者が真似したくなるような熱心さである。

町奉行所からも町火消しを担当する同心たちが出向いて来て、検分をおこなっているので、雨傘屋もいちおう遠慮はしている。が、根岸が雨傘屋に下した命令も伝わっていて、暗黙の了解で雨傘屋の調べが優先されるかたちになっている。

雨傘屋としては、とにかく燃えカスを集めたい。しかし、それはあまりにも少ない。荷物の大半だった干し草と干し藁は、きれいさっぱり燃え尽きている。

「お」

金具が見つかった。一つ見つかったら、次々に見つかった。同じものが十二個。

これは、三台分の車輪の軸の金具らしかった。

「あまり参考にはならねえなあ。別のものをつくるとき、利用させてもらうか」

持ってきた麻袋に入れた。かなりの重さになった。

さらに、燃えカスのなかを探る。

やがて、とんでもないものが見つかった。

「これは……」

雨傘屋は驚愕した。

白くて丸いもの。

「嘘だろう……」

絶対にないものと思っていたものがあった。子どもの頭蓋骨。焼けて崩れそうになっているが、間違いはない。手が震えた。これは別に包んだ。

ほかにも足の骨らしきものが二本。これも頭蓋骨といっしょにした。

「なんてこった」

丹念に検分しながらも、雨傘屋は激しく動揺していた。

一方、しめは――。

火事を目撃した人の話を聞いていた。もちろん、自慢の十手――近ごろは、桃色の房をつけるようになったそれをちらつかせながらである。

五つ（午後八時）近くになっていたというのに、夜風が気持ちよかったせいか、何人もの近所の人たちが目撃していた。

「まあ、驚いたわね」

近所の豆腐屋の女房が、興奮冷めやらずといった調子で言った。火事が無事におさまったせいか、口調はさほど深刻ではない。

「見たのかい、火の玉小僧は？」

「見たわよ。真正面から。燃えてたけど、顔は可愛かったわよ」

「顔が可愛かった？」

「そう。目なんかくりっとして、女の子かと思ったわよ」

「それは人形みたいなものじゃなかったのかい？」

と、しめは訊いた。そこはぜひとも確認してくださいと、雨傘屋からも頼まれていた。

「人形があんなに速く走れるかい。しかも、手も足もこうやって動いていたんだから」

豆腐屋の女房は、真似をしてみせた。確かにそれは、人形の動きではなかったが、といって人間の子どものようでもなく、むしろ獣の赤ん坊みたいだった。

やはり近所の汁粉屋の若女将は、

「すぐ目の前を横切ったのを見たのよ」

と、証言した。

「なんだと思った？」

しめは訊いた。

こういう訊き方はうまいと、自分で思った。「火の玉小僧」という言葉を出してしまうと、それだと思い込んでしまうのだ。なんだったかは、当人に判断させないといけない。

「なんだと思った……？あれは人の子じゃない。それは確かよ」

「人の子じゃなかったら、人形？」

「ううん。人形でもないわ。人形があんなに速く走れる？」

「そんなに速かったんだ？」

「そうだよ。とっとっとっとっとってね。あれじゃあ、火消し婆でも、捕まえられなかっただろうね」

意外な名前が飛び出した。

「なんで火消し婆なの？」

「だって、ここんとこ、よく出てたから」

「そうなの？」

そんなに出ているとは知らなかった。

「狐火が出てたんだよ。すると、火消し婆が現われて、風呂敷を巻いて消しちまったんだよ。あたしだけじゃない。何人も見てるよ」

「へえ」

しめは意外に思い、火の玉小僧の話を訊きながら、火消し婆についても訊いてみた。すると、ほとんどの者が、

「火消し婆を見た」

と、証言したのだった。

四

根岸は評定所に来ていた。

評定所の定例の会議でも、議題のあとの雑談で、福岡藩の見事な消火活動は話題になった。

「よほどの訓練をしているのだろうな」

「火事の現場でそれだけ動けたというのは、よほどのことです」

「黒田武士の復権なるかといったところですか」

そんな褒め言葉がつづいてから、

「火の玉小僧というのが出たらしいが」

「わたしは雷が落ちたと聞きました」

「なるほど、雷か。それはいちばん納得できる話じゃな」

と、意外に理屈の通った話になって、会議は終わった。好意的な発言ばかりだったのは、よかったかもしれない。

そのあとすぐに根岸は、大目付《おおめつけ》の安藤信成《あんどうのぶなり》に声をかけた。

「安藤さま。ちと、お伺いしたいことが」

「急ぎか?」

安藤は体調がよくないのだ。それは、顔色や会議中の生気のなさからも察しがついていたが、しかし、これは安藤の職務に属することである。

「申し訳ありませんが」

安藤は、根岸よりは若いがすでに六十は越えている。もともと肥り気味だったが、このところいっそう肉がついたように見える。いや、肉というよりは脂がついたのだろう。しかもそれは、腐臭がしていそうな、いかにも身体に悪そうな脂だった。

隣の部屋に入って、

「して、話とは？」

安藤は面倒臭そうに訊いた。

「内密に、福岡藩のことをお訊きしたいのです」

「福岡藩のなにをじゃ？」

「内部にごたごたを抱えているでしょうか？」

「ははあ」

と、いったん本を何枚かめくるくらいの間を置いて、

「詳しくは把握しておらぬが、あってもおかしくはないな」

「なにゆえに？」

「福岡藩の藩主はまだ幼くてな。しかも、藩主になるまでずいぶんごたごたがあった」

「それはめずらしいことではないでしょう」

むしろ、そうしたことがない藩のほうが少ないかもしれない。

だが、安藤は奇怪なことを言った。

「前の藩主が倒れて動けなくなってからできた子どもだったそうだ」

「しかも、そのとき、藩主の子を宿した側室は、江戸にいたそうな」

「え？」

「それでは……」

「前藩主の種が火の玉となり、江戸表にいた側室の腹に入ったのだと」

「あっはっは」

根岸は笑った。

「笑ってしまうよな。だが、信じている者は少なくないらしい」

「なるほど。それを信じなかったら、現若君は前藩主の血を引いてないことになってしまうわけですな」

「そうなるよな。それはまずいわけさ」

「ははあ」

これは、陰では相当なもめごとや確執があったのではないか。

「しかも、そうしたことがからんでか、現若君は火事が好きらしい」

「火事が好きとおっしゃいますと？」

「そこは詳しくは知らぬのだが、わしは火の玉小僧じゃなどと言ったりするらしい」

「ほう」

「まあ、生意気な小童《こわっぱ》なのだろうな」

「はあ」

安藤の乱暴な言葉に、根岸は内心驚いた。

「はたいてやりたくても、よその子だしな。横びんたを、こう、二、三発な」

しぐさまでした。つねづね、よほどそういう思いを感じているのかもしれなかった。

それから安藤は、控えていた家臣に命じて、薬を持ってこさせた。

「薬を手放せなくなっていてな」

「どれくらいのあいだです？」

「もう、五、六年以上だな」

よほど、坂道の上り下りと、飯を半分に減らして茶を飲むことを勧めたかったが、きっと気分を害するだろうと思って我慢した。

「いや、ご体調の悪いときに申し訳ありません。切り上げましょう」

すると安藤は、急に不安そうな顔になり、

「のう、根岸。どうも、わしもなにかに祟られているのかもしれぬ」

「そんなことはありますまい」

「こういうときの不気味な話というのは、なにか嫌なものじゃな」

老中は、蛾か、小さな精霊でも追い払うようなしぐさをして、そう言った。

五

町奉行といえど、他藩の事情を探るのは容易ではない。

が、ここはなんとしても福岡藩の内部事情を知っておかなければならない。

この日のうちに、根岸は溜池近くの料亭青柳に出向いた。

すでに、宮尾たちは引き払っていて、

「先日は世話になった」

根岸は礼を言った。

「根岸さまのご家来衆は、愉快な方たちが多いのですね」

女将は言った。嫌味ではなく本気で言っているらしい。宮尾の軽口や、しめのおちゃらけが楽しかったのだろう。こうした料亭では、身分の高い連中の偉そうなからかいの言葉は聞けても、ざっくばらんな冗談を聞くのは難しいのだろう。

「まあ、あんなやつばっかりさ。それで、ちと訊きたいのだが、こちらに福岡藩のお歴々が来ることはあるかな？」

「ええ、しばしば利用していただいてますが」

一瞬、女将は不安そうな表情を見せた。

「近いうちにもそうした予定は？」

「そうですね」

と、女将は考えている。本心は、そういうことは言いたくないのだ。

こうした料亭は口が堅い。その信用がなくなったら、商売もたちまち衰える。

「いつ、入っているかな？」

根岸はさらに訊いた。

「いつでしたかしら」

料亭などへの町奉行の権限は大きい。さらに、根岸の背後には、松平定信がいる。

じつは、ほんとに背後にいるのかは、微妙なところではあるが。

「ここに迷惑はかけぬ」

そう言って、根岸は女将をじっと見た。

松平定信によると、女将の亭主というのは十六、七ほど若く、ふだんは厨房で料理をつくっていて、表にはほとんど出て来ないらしい。「相手が若過ぎると、仲はいまひとつなのだ。男女にはやはり釣り合いというのがある」と、どこで聞き込んだのかよくわからないことも言っていた。

まもなく女将は、決心がついたという顔で、

「はい。明日の夜、お留守居役の林頼母《はやしたのも》さまが、出入りの商人の方たちと、ご歓談

をされるみたいで、お部屋のご予約をいただいております」

「そうか。じつは、わしも明日、ここで一席設けたいと思っていてな」

「はい」

当然、そうなるのだろうというように、女将はうなずいた。

「部屋は空いているかな？」

「ええ。ゆとりはございますよ」

「隣の部屋がよいのだがな」

「隣の部屋はありません」

「え？」

「お留守居役が予約してあるのは、離れでして」

「やはりな。離れは一つだけだったかな」

「二つございますが、池を挟んでます」

「そうか」

落胆したが、

「椿の間はいかがでしょう」

と、女将が言った。

「椿の間？」

女将は戸を開けた。

「あそこがお留守居役が予約なさっている離れです」

根岸も松平定信と一度、利用したことがある。茶室も兼ねた、落ち着ける部屋だった。確か、宮本武蔵の真筆《しんぴつ》が掛け軸になって飾ってあったはずである。料亭の離れはしばしば男女の密会にも使われるが、あそこは不埒《ふらち》な密会ではなく、数十年ぶりに会った、還暦過ぎの、酸いも甘いも嚙み分けた男女の密会がふさわしいかもしれない。

「うむ」

「それで、こっちが椿の間です」

「なるほど」

椿の間は母屋のいちばん奥で、離れとのあいだに植栽があり、行き来はできないが、そのあいだはせいぜい二間（約三・六メートル）ほどである。

「よさそうな部屋ではないか。明日、予約したい」

「うけたまわりました」

女将としては、出入りする人をのぞくくらいはできますよという計らいだったのだろう。だが、根岸の思惑はそれだけではない。

六

根岸は奉行所にもどるとすぐ、雨傘屋を呼んだ。

「火事の現場は調べてくれたみたいだな」

「はい。焼け残ったものもできるだけ集めましたが」

「火の玉小僧の正体ははっきりせぬか」

「とんでもないものを見つけました」

「なんだ？」

「これを」

雨傘屋は包みを開いた。しめが手を合わせて、

「なんまんだぶ」

と、つぶやいた。

根岸はじいっと見て、

「人形だな」

断言した。

「しかし、これは……」

「骨は本物だろう。これをなかに入れた人形をつくったのだ。念の入ったことだよ

な」

「なんと。罰当たりなことを……」

雨傘屋は頭を抱えた。心優しい男なのである。

「ですが、お奉行さま」

と、しめが言った。

「なんだ、しめさん」

「見たって人は皆、あれは人形じゃないって言ってますよ」

「なぜ？」

「人形だったら、あんなふうには走れないって、ちゃんと手足をばらばらに動かしてたって言ってました。それも一人が言ってるんじゃないですよ。すぐわきを走るのを見たって人まで、そう言ってるんですから」

「そうか」

と、根岸は頑固に自説を言い張らない。

「では、その件は納得いくまで考えてくれ。火の玉小僧はまた、出現するかもしれないからな」

「わかりました」

しめはうなずいた。

「それで、二人に頼みたいことがある」

「なんでしょう」

「盗み聞きをしたいのだ」

「まあ」

「そなたたちも先日泊まった料亭青柳でな」

「あそこで」

「明日、離れに人が入る。そこでの話を盗み聞きしたいのだ。離れだから隣の部屋はないし、近づくのも難しいだろう。だが、母屋で離れに近い部屋を取った。あいだに植栽はあるが、およそ二間しか離れておらぬ。地獄耳のしめさんと、雨傘屋の工夫の力を借りて、できるだけ聞き取りたい。どうじゃ？」

「明日、早めに入ることはできますか？」

雨傘屋が訊いた。

「できる」

「では、やれる限りの準備をしておきます」

翌日――。

料亭青柳の離れに、客が入った。初老の武士が一人。これが留守居役の林頼母だろう。そのあとに、身なりのいい町人が二人。一人は五十代、もう一人は四十代と見える。最後にいた若い武士は、離れのなかに入らず、林に頭を下げると母屋の廊下にもどって、そこで控えた。曲者《くせもの》が近づくのを見張るのだ。

根岸だけがそのようすを、戸の隙間から確かめ、しめと雨傘屋にうなずきかけた。

「ひとことたりとも、聞き洩らすまいぞ」

という、厳しい目である。

「……………」

しめと雨傘屋も無言でうなずいた。

三人の手元には紙と筆がある。聞き取れた言葉はすべて書き記すことにしてある。

離れの障子に糸がつけられ、こっちの障子とつないである。

また節を抜いた竹筒も二本、渡してある。

これで、向こうの話をできるだけ聞き取ろうというのだ。雨傘屋によれば、この仕掛けでずいぶん聞こえがよくなるはずだという。そのかわり、こっちの音も向こうに筒抜けになるので、ぜったいに音を立ててはいけないと。

三人は息を詰め、耳を澄ました。

緊張で、しめは青白い顔になっている。雨傘屋の額には脂汗がにじんできた。

やはり声は低い。大事な話になると、ますます低くなるようだ。笑い声一つない。

真剣さが伝わってくる。

そして、およそ半刻（約一時間）後。

三人の会食は終わったらしい。やはり、食事より話をするための会合だったのだ。

三人が出て行くのを覗き見た。

「後をつけますか？」

雨傘屋が訊いた。

外では宮尾と椀田が控えているので、頼めばいいことである。

「それはいいだろう。それより、いまの会話だ」

「はい」

三人は、ようやく聞き取れた言葉を照らし合わせ、順に並べた。

それは、次のような話だった。

「すまんな」

「いいえ。林さまとは、早くお会い……」

「……が殺されたそうじゃな」

「ええ。町方に……」

「……仕返し……」

「当番は南だ」

「根岸さまが……」

「それを立花《たちばな》さまも……」

「火の玉小僧は……」

「……と思ってくれたら……」

「国友村には知恵者……」

「……若君は……」

「いつだ？」

「そろそろ」

「京屋……」

「そうじゃな、博多屋」

「……そういうことだ。では……」

三人が聞き取れたのは、これだけである。

「お奉行さま。商人の名で、博多屋と京屋と言ってましたね」

「うむ。京屋は四条屋とは違う。確か博多の老舗だったはず」

「そうなのですね」

「立花さまという名が出てきたな」

「ええ」

「だいぶわかった。ほぼ、わしの推測していたことに近い」

と、根岸は言った。

「これでですか？」

しめは驚いた。

「わしの場合、すでにわかっていることがあるからだよ」

「はあ」

それにしても凄いと言いたげである。

「だが、もっと知りたい。いや、知らねばならぬ」

今回は、単に下手人を捕らえればいいという話ではない。

落としどころを探らなければならないのだ。

根岸は久々に困惑していた。

七

根岸は、江戸留守居役の林頼母に近づきたい。腹を割った話を訊いてみたい。だが、そんな友誼《ゆうぎ》は、一朝一夕に結べるものではない。

——どうしよう？

根岸は、料亭青柳の女将に訊いてみた。

「留守居役の林頼母氏が夢中になっているものはないかな？」

「釣りがたいそうお好きだそうですよ」

「釣りか」

と、膝を打ったが、

「だが、いまは釣りなどしている暇はないだろうな」

「どうでしょう。朝、四半刻（約三十分）だけでも釣り糸を垂らすみたいですよ。浮きを見ながら考えごとをすると、大局に立った判断ができるとおっしゃってましたが」

「なるほど。だが、林氏はふだん上屋敷におられるのだろう？」

福岡藩の上屋敷は虎ノ門内にある。

「そうみたいです」

「そこからどこへ釣りに行くのかな」

「さあ、そこまでは」

と、女将も首をかしげた。

翌朝――。

根岸はしめに頼んで、福岡藩上屋敷の正門を見張ってもらった。林頼母の、白髪頭と口の横の深い皺という特徴を伝え、出て来たら合図をしてもらうことにした。

さっそく、その合図が来た。

根岸は、虎ノ門外に待機していたが、こっちにやって来た。

「あの人ですよね、お奉行さま」

しめは後ろ姿を指差した。

「む」

少し蟹股《がにまた》気味の体形に見覚えがある。

後をつけることにした。林は供の者もいない。根岸の供は、宮尾玄四郎としめだけである。

お濠に釣り糸を垂らすのは、さすがに憚られるのだろう。お濠沿いに木挽町《こびきちょう》七丁目まで来た。ここらは、三十間堀《さんじっけんぼり》の出口で、この先は、汐留川《しおどめがわ》と呼ばれる。その木挽町の端の河岸に腰を下ろし、小さな竿を取り出した。

——ここで？

荷船が絶えず行き来するところである。

根岸は二間ほど離れたところに、暇そうに腰を下ろした。宮尾はしめとともに背後に控えている。

林は、持って来ていた握り飯の粒を針につけ、堀のなかに入れた。

——釣れるのか？

不思議に思っていると、林頼母はちらりとこっちの根岸を見て、怪訝《けげん》そうに首をかしげた。

「あ、失礼をいたす。わたしは、釣りをするようすを眺めるのが好きでしてな」

根岸は言った。嘘ではない。いまでこそ多忙でそんなことはできないが、若いころはよくやっていた。手間は要らず、かかった瞬間は、自分で釣ったような気になれる。

「ほう。わたしの釣りは見ていてもつまらないですぞ。釣り上げることが目的ではないので」

「というと？」

「魚と遊びながら考えごとをしているのです」

「そりゃあ、いい。では、わたしもそれを題材に、一句ひねりますか」

と、根岸は懐から手帖と矢立《やたて》の筆を出した。

ここらは潮も入り込み、波も感じられる。深さもかなりあるので、やはり魚はいるだろう。

しばらくすると、浮きが浮いたり沈んだりし始めた。

竿を上げると、魚がぴちぴち跳ねていた。コノシロではないか。酢でしめれば、寿司ネタで根岸がいちばん好きなものになる。

だが、林は魚をつかんでそっと針を外し、堀のなかにもどした。

「食うためじゃないのでね」

と、微笑んだ表情には、含羞がある。

——腹を割って話せそうだ……。

根岸は直観した。

「殺生をしないのは、いいですな。わたしも一句できました」

「お聞かせ願いたいですな」

「えへん」

と、咳払いをして、

「人生も浮いて沈んで流される」

浮きを見ていて浮かんだのだが、われながらひどい。

「あっはっは。なるほど」

林は笑った。

「確かに釣りはいろいろ考えさせられますな」

「そうでしょう」

「根岸肥前守と申します」

根岸は名乗った。

「根岸肥前守……南町奉行の？」

林の顔に、クロダイでもかかったみたいに驚きが広がった。

「さよう」

「これは、根岸さま。『耳袋』は拝読いたしております」

「そうですか」

「いろいろ含みのある話もあるようで」

「含みだらけで、書けないことも多々」

「そうでしょうな」

しばし間があって、

「もしかして、当藩のことでわたしに近づいて来られましたか？」

と、林は訊いた。表情は硬くなっている。

「腹蔵《ふくぞう》なく申せば、そうなりますか」

根岸は笑顔を見せた。

林の硬くなった顔が和らいで、

「弱っておりましてな」

「そうだろうなと」

「どこまでご存じで？」

「藩邸の周辺で、変事がつづいてますのでな。深川の下屋敷のわきで、巨大な怪かしが出ましたな。さらに、赤坂の中屋敷周辺では、火消し婆という怪かしが現われ、人のいない火の見櫓で半鐘が鳴ったりした。そして、つい先日は、火の玉小僧が出現したかと思えば、貴藩の火消し衆が見事な消火活動を披露なさった」

最後の事例は、多少、皮肉っぽかった。

「お恥ずかしい」

「さらには、通旅籠町の宿屋で、身元のわからぬ町人が殺され、つづいて日本橋南の博多屋の手代も殺された。この二件を調べると、どうも福岡藩とのつながりが見え隠れしていました。町奉行所としては、当然、看過はできませぬ。が、他藩におけることなら、調べも難しく、遠慮もある。この際、お留守居役に直接、お訊きするのがいちばんかなと」

「ご迷惑をおかけして申し訳ございません」

林は頭を下げた。釣りはもちろん終わりにして、竿はわきに置いてある。

「どこにでもある身内の争いとお察ししました」

「はい」

「もしや、一方は火消し衆を操り、自ら火事を出してはすぐに消し、その有能ぶりを江戸中に知らしめようとしているのでは？」

「お恥ずかしい次第です」

「だが、一方はそれをやめさせようと、火消し婆を暗躍させ、警戒の半鐘を鳴らさせていたが、ついに向こうは火の玉小僧なるものを走らせ、黒田の火消しここにありと」

「おっしゃる通りです」

「暴走しているのは、国許《くにもと》派？　それとも江戸表派？」

藩のもめごとの多くは、この構図を取る。

「そこはいささか入り組んでおりまして。もともとわたしは、江戸表より、国許のほうに詰めておったのです。それが、前の殿が病で倒れたとき、江戸表を頼むと命じられましてな、それから数十人を引き連れて国許から参ったわけです」

「ははあ」

「なので、前藩主のご意向を守る者たちと、それからはみ出るようなことをし始めた者たちと、そういうふうに分かれているのです」

「なるほど。立花氏というのは？」

「立花采女《うねめ》ですな。用人です。中屋敷を取り仕切っていて、まだ若いが切れ者で、藩主の母君であられる新間《しんま》の方《かた》に気に入られています」

「林氏とは対立なさっている？」

「そうですな」

「藩主はまだ、幼くておられるのですな？」

「ええ」

「出生にまつわる奇妙な噂まであるとか？」

「そこまでご存じでしたか」

「奇妙な話というのは、なぜかわたしの耳の袋に飛び込んできましてな」

「でしょうな」

林は大きくうなずいた。だから、『耳袋』が生まれるのかと言わんばかりである。

「なんでも前藩主が国許で病に倒れたあとに孕んだのが若君で、しかもそのときご母堂は江戸表におられたのだとか？」

「そういう話になっています」

「信じられているのですか？」

「江戸表にいた者の多くは信じています」

「本気で？」

「本気みたいです。火の玉でも見たのでしょうか。じつは、その話が、いま、当藩で起きている争いの核にあるのかもしれません」

「というと？」

「その話を信じる者と、信じられない者とに分かれてしまったわけです」

「だが、信じないということは……」

前藩主の子ではないということになってしまうではないか。

「由々しき事態になりますな」

と、林は苦笑した。

「それはまずいでしょう」

「ただ、新聞の方は、その前の藩主が倒れるひと月ほど前には、国許に来ておられたのです。なので、前の殿のお子であっても、なんら不思議はないのです。わたしはそうだろうと思っています」

「ははあ」

「ところが、数年前から、そうした話が出て来ましてな、信じる者まで増えてきたというわけです」

「それはまた面妖な」

「わたしも、なぜ、そんな話を信じるのだと思いました」

「言い出したのは？」

「どうも、新聞の方らしいのです」

「もしや、不貞を疑われるようなことがあったのでは？」

「それはどうでしょう。前の殿は、新聞の方にご執心でしたので、そうしたことがないよう、何重にも見張りをつけておられました。それに、新聞の方も、わたしの目から見ても、うわついたようなところはないと思われるのです。だから、不貞ということは、まずありえないでしょう」

「ほう」

どうも、火の玉小僧や火消し婆より、この話のほうが不可解なものになってきた。

「それで、二派の棲み分けというのは？」

根岸は気を取り直して訊いた。

「むろん、江戸で露骨にいがみ合うわけにはまいりませんが、いちおう上屋敷内は、わたしが国許から連れて来た者がほとんどですので」

「なるほど」

「中屋敷は、立花采女が仕切っているうえに、いまは新聞の方もお住まいですので、ほぼ八対二くらいで、向こうの一派が優勢です」

「火消し衆も？」

「あれは、立花采女が育て上げたようなものですので」

「商人もからんでますな？」

「ええ。国許には、戦国のころに大きくなった商人が何人もいまして、いまは博多屋と京屋という商人が、藩の重要な品を扱っています」

「だが、京の商人も？」

「そうなのです。いつの間にか、江戸のほうから四条屋という京の商人が入り込んでいまして、ここには国友村出身の者たちも大勢いるらしいです」

根岸はうなずき、

「ところで、これはご存じですな」

と、懐から位牌を取り出した。殺された博多屋の佐蔵という手代が持っていたものである。

「なんと」

驚いた顔からして、当然、誰の位牌か知っている。

「どなたのものです？」

「前の藩主の御母堂の位牌です。下屋敷の仏壇に納めてあったのですが」

「なるほど」

「下屋敷の隣で火事騒ぎがあったときに、盗まれたのだろうと言われていました。もしかしたら、それを盗むため、隣で騒ぎを起こしたのかもしれません。われらの失態とし、自分たちの立場を優位にするためです」

「わたしもそう思います」

と、根岸は言った。

「その件で、向こうの一派はずいぶん騒ぎ立てましてな。下屋敷の用人で、当派の者が、あやうく切腹というところまでいきました。わたしが、なんとか収めましたが、あれが向こうの攻勢の始まりだったのかもしれません。だが、なぜ、これが？」

「向こうも、これは自分たちが盗んだわけではないと装うため、博多屋の手代の懐に入れたものと思われます。位牌はあちこち振り回され、欠けたところもあるみたいです」

「そうでしたか」

「今年、江戸では火事が多かったのです」

と、根岸は空を見上げて言った。

「それはわたしも感じました」

「いままでのところは深川の下屋敷の隣で起きた、顔の化け物が燃えて周囲を焼いた以外に、おそらく福岡藩の内部の抗争が原因になった火事はないと思います。ほかは皆、消すのを前提にしでかしていることでしたから」

「面目ない」

「だが、このままだと、いろいろ疑われることになりますぞ」

根岸は強い口調で言った。

「そうなれば……？」

「もちろん、福岡藩は無事では済みますまい」

「……」

林は顔を歪め、

「当藩にも、何度か危機はあったのです。潰されても仕方がないという危機もありました。だが、どうにか保ってきたのです」

「……」

そうした藩の苦悩については、評定所の会議に出ている根岸はもちろん知っている。会議には強硬派の人たちもいて、いまも大藩を幕府の直轄地にしようという思惑は、しばしば出現する。

今度のことは、強硬派にとっては、恰好の攻めどころとなるはずである。黒田家をつぶさぬまでも、半分にするくらいは、やれるかもしれない。

「ああ、まずい」

その危機に思い至ったらしく、林は頭を抱えた。

「早く、内部の争いを収めていただかなければなりませんな」

「根岸どの……」

林は悲痛な顔で根岸を見て、

「われわれに味方してくれとは申しませぬ。しかし、おっしゃるようにこの争いは収めねばなりませぬ。お知恵をお貸しいただければ」

「むろん、われらもいくら自分たちの火消し衆の力で消す自信があっても、万が一がありうるようなことをやられては困るのです。だが、自作自演という、はっきりした証拠は、われらもまだつかめていない」

「それをつかんだら、根岸さまも？」

林は不安げに訊いた。

根岸もさすがにそれを握りつぶすわけにはいかないかもしれない。

まさか取りつぶしまではいかなくても、藩主を呼んで叱責などということになれば、禍根を残しかねない。

「できるだけ、穏便に処理できれば、それに越したことはないでしょうな」

「ぜひ」

「だが、もう一度くらいはやってくるでしょうから、そのときに追い詰めましょう。証拠を残してしまうようなことをしでかすかもしれない」

「追い詰める？　どうやってそんなことを？」

「ふふっ」

根岸はえぐみのある笑いを見せた。

「火の用心、さっしゃりやしょう」

という声が、福岡藩邸の周囲に満ち満ちた。

たいがいは三、四人が一組となって、とにかく、道という道を歩き回っている。同じ通りに二組の火の用心の警戒が出ていたりする。

この界隈が、火事を警戒する重点地区となったのだ。

このため、周辺の番屋の者まで駆り出された。火事はほとんどなくなりつつあったので、それも可能になっていた。

のべつ回って来る。通り過ぎたかと思えば次が来る。

拍子木が鳴る。それも、太鼓でも叩いているみたいに強く打ち鳴らされる。

いい声で、

「火の用心、さっしゃりやしょう」

語尾が伸ばされる。

いっしょにいる者がそれを復唱する。

しかし、いい声ばかりとは限らない。だみ声で、「火の用心」よりは、「押し込み、強盗に気をつけやしょう」のほうが似合うような掛け声も通る。

むろん、奉行所からは大勢の同心、岡っ引きも繰り出されている。

これでは、とても火付けなどする隙はない。

三日間なにもなかった。

「いつまでやるのです?」

椀田が訊いた。

「そろそろ動いてくれるはずなんだがな。さぞかし、苛立っているだろうな。明日あたりは、わしも顔を出してみる」

林頼母から、向こうの一派がそわそわしている、明日あたりが危ない——と、報せが来ていたのである。

八

その翌日——。

宮尾玄四郎は、今日も溜池界隈を見回らなければならない。その前に、椀田豪蔵の姉で、いまは家を出て手習いの師匠をしているひびきに会いに来た。

「あら、宮尾さま」

「お久しぶりです」

このところ多忙もあって、あまり顔を出さなかった。ひと月ぶりくらいか。

手習いの師匠としてつつがなく暮らしていることは、椀田から聞いていた。

子どもが書いたお習字の紙を見ながら、

「宮尾さま、どうしてあたしのところになどお見えになるのです？」

と、ひびきは訊いた。

「駄目ですか？」

「ほかに行けるところがたくさんおありでしょうに」

「ほかに？」

「宮尾さまに憧れる女の人は、たくさんいらっしゃるって聞いていますよ」

そう言って、子どもの書いたものに朱筆を入れた。宮尾より、そっちに気が行っているみたいである。

なんとなく以前より冷たくなった気がする。

「さぞかし、お美しい人も」

ひびきはそうも言った。

「美しい人など……」

どこがいいのかと、宮尾は思っている。美人はつまらないと。

美人ほど、同じような顔に近づいていく。それは、人形みたいに、宮尾には見える。

だが、いわゆるおへちゃは、面白みがある。自分だけの愛らしさも発見できる。宮尾のゲテモノ好きは一部では有名である。自分でも、それは認めないでもないが、しかしそれを相手には言えない。

ひびきは、そちらである。弟の椀田が、「あれでは嫁に行けない」と、ずっと心配してきたらしい。

「そんなことより、酒でも飲みに行きませんか？」

と、宮尾が誘うと同時に、子どもが二人駆け込んで来て、

「お師匠さま。忘れもの」

「お師匠さま。これ、おっかさんが晩のおかずにって」

二人同時に大声で言ったので、宮尾の誘いはかき消されてしまった。

それから、子ども二人はひびきにまとわりついている。子どもに好かれているのがよくわかる。

「また来るよ」

と、宮尾は言った。

「お気をつけて」

最後の言葉が少しだけ優しかった。

同じころ――。

雨傘屋が、しめといっしょに根岸のもとを訪れていた。

雨傘屋は、高さ一尺（約三〇センチ）ほどの人形を持って来て、

「お奉行さま、これですが」

と、差し出した。

「知っている。茶運び人形だな」

「ご存じでしたか」

客の前に茶を置いて引き返して行く茶運び人形は、後年、からくり儀右衛門《ぎえもん》がつくったものが有名になっているが、これは儀右衛門の独創ではない。それ以前から存在していた。

「これは、そなたがつくったのか？」

「いえ、今回は手に入れたものを、分解して、中身を調べただけです」

「そうか」

「お奉行さまが見抜かれたように、これに本物の子どもの骨などを入れ、火をつけたうえで、動かしたのだと思います」

「だろうな」

根岸はうなずいた。火の玉小僧は怪かしのわけがない。からくり人形なのだ。

「ただ、大きさが気になるのです」

「大きさ？」

「火の玉小僧は、ふつうの茶運び人形よりずいぶん大きかったようなのです」

雨傘屋がそう言うと、しめもわきでうなずいた。

「だろうな」

「それだと動かす力も、かなり強くないといけません。茶運び人形は、だいたいどれも、クジラの髭《ひげ》でつくったゼンマイを力の元にしています。だが、あれだけじゃとても足りそうもありません。いったい、なんの力を利用したのかと考えまして、最初は金ものを使ったのではと思ったのです。薄い鉄板でゼンマイをつくれば、相当な力が出るかと思われます。だが、金ものなら、焼け残っているはずで、そんなものは、あそこにありませんでした。いったいなんだったのか。その謎が解けないと、あれが人形だったとは断定できないのかと悩んでまして」

雨傘屋は渋い顔をして言った。相当悩んだことは、目の周りの隈《くま》でも想像できる。

「そんなことか。だったら、いくつか使えばいいではないか」

と、根岸は軽い調子で言った。

「いくつか……」

「水車でも、三連式というのがあるだろうが。ずいぶん働くらしいぞ」

「だから、あのように、クジラの髭を五本でも六本でもいっしょに巻けばいいではないか」

「あ」

「それは思いつきませんでした。それです、お奉行さま」

雨傘屋がそう言うと、

「じゃあ、やっぱり人形だったんですね。あたしも、怪かしにしちゃ、皆、はっきり見過ぎてるとは思ってたんですよ」

しめは笑って言った。

「そろそろ、また火の玉小僧が出て来そうだぞ」

「ははあ」

「出て来たときに、捕縛できたらよいのだがな」

と、根岸は言った。

「火の玉小僧を捕縛ですか！」

雨傘屋としめは、開いた口がふさがらない。

九

この日の暮れ六つ（午後六時）過ぎ——。

宮尾玄四郎は、麻布谷町の南部坂を上り切り、横道へと入った。

いつもは椀田豪蔵と行動を供にする宮尾だが、今回は特別に個々で動いている。

このあたりは、最初に半鐘騒ぎがあったところで、あのときは気がつかなかったが、すぐわきが福岡藩の中屋敷だったのだ。

横道に入ってすぐ、

——ん？

前から来た女に目を止めた。

今宵はよく晴れて月明かりがあるし、まだ人々は寝静まっておらず、家々の明かりが外にも洩れてきている。

「あら」

女が先に声を上げた。

「お糸じゃないか」

「こんなところでお会いするなんて」

「おれはこの前も見かけたぜ。向こうの溜池沿いのあたりで。店を休んで、こんなとこでなにやってんだ？」

「じつは、叔父の手伝いをさせられてるんですよ」

「叔父の？」

「あたしの叔父は、ここの藩士なんですよ。藩士といっても、ずうっと下のほうですが」

と、福岡藩邸を指差した。そこは藩邸の壁になっている。

「そうなのか」

「それで、いままで使ってなかった建物を掃除して、また使うようにするというので、掃除やら荷物の整理やらを、あたしが手伝わされているんです。ほとんど女中のようなものですよね」

「そうだったのか」

宮尾はとくに疑いもなくうなずいたが、ふと、お糸の手に目が行った。

「おい、それって火傷の痕じゃないか」

赤くただれたようになっている。

「そうなんです」

「おい、大丈夫か。危ない仕事なんじゃないのか」

「宮尾さんに心配してもらって嬉しい」

お糸が微笑んだときである。宮尾は嫌な気配がして、一瞬、身を引くようにした。

目の前を小さな影が走った。

「なんだ？」

飛んで来た方向を見た。

ふたたび何かが来た。

「あぶない」

宮尾はすばやく剣を抜き放ち、飛んで来たものを弾き飛ばした。見事な剣技である。

「なんだ？」

落ちたものに目をやる。見たことがない。武器なのだろう。矢じりを大きくしたみたいである。

「手裏剣か、これは」

さらにつづけて来た。

カッ、カッ、カッ。

どれも受けたが、受けなくても当たらなかっただろう。狙いはさほど正確ではない。

「隠れて、宮尾さん」

お糸が宮尾の袖を引いた。

「大丈夫だ」

そう言って、お糸の目を見た。

――ん？

いつもと違う。どう違うのか、すぐには気づかないが、店にいるときとは明らかに違っている。

――生気があるのか？

と、思った。いや、生気ではない。

闘争の火が灯っているのだ。

――ひびきとは正反対だ。

こんなときになのに、ひびきのことを思った。

ひびきの目には、生気はあるが、闘争の火はない。平穏であるための生気。平穏を守るための強さ。

こちらは、生気さえ捨てた闘争の火。

二人は正反対だった。

「狙われっぱなしじゃ、気に入らないな」

そう言って、宮尾は手裏剣が来たほうへ足を向けた。

歩きながら、身体を大きくひねり、手裏剣が来た闇に小柄《こづか》を放った。小柄、すなわち手裏剣というのは、剣しかやらない者は容易に信じないが、力技なのである。全身の力を使って、それを手裏剣の先へと集中させて放つ。そうしてこそ、小さな手裏剣は、弓から放たれた矢よりも早く、また鉄砲よりはるかに正確に、狙った的へ突き刺さる。

しかも、離れた距離であっても、指先はちゃんと手ごたえを感じ取った。

宮尾の手裏剣と同時に、お糸は右に走っていた。

次の敵の手裏剣は右に飛んだ。もともと宮尾ではなく、お糸を狙っていたのだ。

だが、先ほどの手裏剣より力がなかったのは、宮尾の小柄のせいではないか。

お糸はそれを手ぬぐいで打ち払った。手裏剣は地面に落ちた。

次は来ない。

しばし、待った。それから一つ、息をした。

宮尾は、ゆっくり前方の闇に近づいた。

誰もいない。地面に血の跡があった。

「このなかに消えたのだ」

土塀を指差した。一間（約一・八メートル）以上の高さがあるが、よく見ると、一部に削られたような跡がある。触ると、ぽろぽろと土が落ちたので、できたばかりの壁の傷である。

「………」

お糸は黙ったままうなずいた。

「叔父さんがなかにいるんだろう？」

と、宮尾は訊いた。だったら、仲間に狙われているのかと、問い質しているのだ。

「事情があって、いまは外にいるの」

そう言ったお糸の顔から、すでにあの、闘争の火は消えている。

「あんた、くノ一かあ？」

宮尾は、道でも訊くみたいに軽い調子で訊いた。

「……………」

「あ、もしかしてあそこで飲み屋をしてたのも、奉行所の動きを見張ってたりして？」

「……………」

お糸は答えない。

十

それから一刻ほど経って――。

根岸は料亭青柳に来ていた。

なにかあれば、ここへ報せに来ることになっている。

あらゆる手筈を整えたはずである。藁や干し草を積んだ荷車がやって来たら、火の玉小僧の出現を警戒する。そして、火の玉小僧が現われたときは、すぐにそれへ突進し、棒で突いて横倒しにさせる。そこへ水をかけるか、濡らした布団をかぶせてしまう。

そうやって、火の玉小僧をお縄にし、あとは、それを操った者との直談判となるはずだった。

いっしょに林頼母がいる。その直談判のとき、協力してくれることになっていた。

「お奉行」

椀田が飛び込んで来た。

根岸は立ち上がった。

「荷車が来たか」

「来ましたが、葵坂のほうです」

「しまった、どんどんのほうか」

根岸は椀田とともに駆けつけた。宮尾もいれば、凶四郎、しめ、雨傘屋たちもいる。

葵坂は、お濠沿いの坂道で、かなりの急坂である。上り切ったあたりの右手に、いわゆる赤坂のどんどんがある。

ちょうど三台の荷車が上り切ったところだった。

「これ以上、進んではいかん」

根岸は手を広げて言った。

「そんな」

「引き返せ」

人足たちがためらっているとき、それが出現した。溜池わきの馬場があるあたりから、それは突如、現われた。

「なんと」

まさに火の玉小僧だった。根岸もそれを正面から見た。

炎のなかに愛らしい顔が見えていた。幼い少年の顔だった。

「棒はないか」

根岸は叫んだ。

「それは向こうに待機している者たちが」

てっきり、このあいだ出現したあたりに出ると思い、人員を伏せておいたのだ。

いくらなんでも、あの燃えている人形には突進できない。

近くに辻番があるが、もう間に合わない。

「仕方ない。逃げろ」

根岸が叫んだとき、老婆が飛び出して来た。

長く伸びた白髪頭である。それを振り乱すようにして、老婆は火の玉小僧に正面から突進した。

「え？」

「火消し婆だ」

誰かが言った。

火消し婆が火の玉小僧を抱き上げた。

信じられない光景だった。

そのまま進んで、どんどんの内側の溜池に転がり落ちた。

「あ」

皆、いっせいに池の縁に駆け寄った。

火の消えた小僧が浮いているのは見えた。老婆の姿はない。

「助けるぞ」

宮尾が着物を脱ぎ出していた。

「駄目だ」

と、椀田が止めた。

「あれは知っている女だ。お糸というのだ。助ける」

「ここらは、藻が繁茂していて、泳ぎの達者な人でもからめとられます。しかも、溜池のなかでもいちばん深くなっています」

すぐわきにある辻番の武士が言った。

「放せ」

宮尾は椀田の手を振り切って、飛び込んだ。子どものころから房州の海で泳いできた。溜池ごとき、水たまりのちょっと大きなものではないか。

だが、辻番の言ったとおりだった。とてもじゃないが、藻が邪魔して泳げたものではなかった。

水面に目を凝らすが、火消し婆の姿は見当たらない。

「もどるぞ」

根岸たちは、溜池沿いの町人地のほうへ駆けもどった。

「半鐘を鳴らせ！」

根岸は叫んだ。

「しかし、火事は……」

「かまわぬ。打ち鳴らせ！」

雨傘屋が芝永井町代地の火の見櫓に突進し、たちまち梯子を駆けのぼると、力いっぱい半鐘を叩き始めた。

その半鐘を待っていたかのように、福岡藩邸の門が開いた。なかにいまにも飛び出そうとしている火消し衆がいた。

だが、根岸たちがその前に立ちはだかった。

「無用！　火消し衆は無用！」

「しかし、火事が」

前にいた火事装束の男が言った。

「火事は南町奉行所がすでに始末いたした。わしは、南町奉行根岸肥前守だ」

「なんと」

「立花采女氏かな」

火事装束の男に向かって、根岸は言った。

「いかにも」

「話がある」

「ううっ」

咄嗟《とっさ》に察するところがあるのだ。表情に逡巡が見えた。

「だが、立花氏よりあちらのお方と話したほうが、早く済みそうじゃな」

根岸は開いている門のなかを見た。

門の内側だが、立ってこちらを見ている女御《にょうご》がいた。

「新間の方でござるな」

根岸は声をかけた。

「さようにございますが」

「ちと、お話が」

根岸は歩み寄った。南町奉行だと名乗った声も聞こえていたはずである。

「では、いずれ機会を設けて」

と、新間の方が言った。

「いや、いまここで。そのほうが藩のため」

そう言って、根岸は一人、門のなかへ入り、新間の方の前に立った。

いまから、この一連の騒ぎの最大の謎を明らかにしようとしている。しかしそれは、下手をすれば、根岸の進退問題となるはずである。

「手っ取り早くお話しいたしましょう。最初に訊きたいのは、こちらの殿の誕生にまつわる奇怪な噂のこと」

「ああ」

と、新間の方は眉をひそめた。

「前藩主は国許で病のために亡くなられたが、お方さまはこの江戸表におられ、現藩主をご出産なされた」

「はい」

「そして、数年前から、その噂が急にはびこり始めた。その噂の元は、お方さまではないかと？」

根岸はそう言って、新間の方を見た。

ほかの者はそばにいない。二人は小声で話していて、誰にもこの話は聞こえていない。

「そうです。わたしが、あの火の玉の話をよかれと思ってつくりました。なぜ、あのような話にしたかは、おわかりにならないでしょうが」

新間の方はつらそうな表情になって言った。

「いえ、薄々見当はつきました」

「まさか」

新間の方は首を横に振った。わかるわけがないというように。

「いや、あれしかないと思い当たりました」

「わかるわけはありません」

強い口調で言った。

「わたしの想像では、若君がお家の血筋であることは間違いはない」

と、根岸は言った。

「それで？」

「ただ、父が違う」

「では、わたしが不貞を働いたとでも」

新間の方の眉が上がった。怒った顔も美しい。さすがに、前藩主をとりこにした美貌である。

「不貞ではありませぬ」

「では？」

「前の藩主が国許で倒れられたころ、こちらをあるお方が訪ねられた。それはお約束であり、ただ、前藩主が国許で倒れたので、間に合わなくなってしまっただけのこと」

そう言って、根岸はここから北のほうを見た。いや、真北よりもやや東より。その方向にあるのは、千代田の城である。

「………」

新間の方の顔が驚愕した。

「わたしにも、畏れおおくて、その名を口にすることはできません」

「………」

「そのお方は、美貌の女御に弱いとは、下々の者にすら噂が伝わっているくらいです」

「……」

「だが、そのことを明らかになどしたら、わたしは職を辞するどころか、切腹しなければならないでしょう」

根岸はいま、とんでもないことを言っている。最大の謎をついに解いたのだ。

「……」

「お方さまのお苦しみもお察しいたしました」

「……」

「その方は、前の藩主の実の兄君でもあらせられたのですね。迂闊にも、調べて初めて知りました。ですから、いまの殿はまぎれもなく、正統なお血筋であられる」

根岸は注意深く敬語を使っている。

新間の方がかすかにうなずいた。

「おそらく、薄々察した藩士もいたのでしょう。しかし、そんな噂はなんとしても、封じ込まなければならない。それで、火の玉小僧という怪かしが出現した」

「……」

新間の方は根岸を見た。

その目には、自分の気持ちをわかってくれたのかという安堵のような感情がひそんでいる。

「さらに、いまの幼君にもふさわしい衣装をまとわせることをお考えになられたのでしょう。火の玉小僧。それはお子さまをはらませた火の玉の噂ともつながって、信憑性を高めるでしょう。そして、黒田火消しを率いる晴れ姿。見事なご計画だと思います」

　この女御は、きわめて聡明なのだ。根岸は心底、感心していた。

「ありがとうございます」

　と、新間の方は言った。

「しかし、これはやはり、諸刃《もろは》の剣《つるぎ》です。火をつけて消すという自作自演は、江戸を火の海にする危険をはらんでいます」

「はい」

「しかも、藩内が分かれたことで、末端では殺し合いも起きてしまった。これは、きわめて由々しき事態。人殺しの下手人については、特定もできているが、町人ではない。おそらくどちらも、そちらの密偵同士」

「………」

「人殺しを見逃すことは、町奉行所にはできませぬ」

「差し出せとおっしゃるので？」

「そうされたほうがよろしいかと。ただ、おそらくすでに江戸にはいないでしょう。こちらとしては、待つしかないでしょうな」

「待っていただけるのですか」

「あまり大きな声では言えませぬが、町方にはそうした案件も少なくはないのです」

「感謝いたします」

「できるだけ、小さく収めましょう」

「はい」

「おまかせしてかまいませぬな」

根岸はこのやりとりのなかで、このお方の類いまれな知恵を確信していた。

「大丈夫かと」

「林頼母さまもそのおつもりのようです」

「よく相談いたします」

「では、これで」

根岸が門から外へ出ようと振り向いたときだった。

「母上」

という幼い声がした。

「殿だ」

「殿がいらしたぞ」

幼い藩主が上屋敷からやって来たのだ。連れて来たのは林頼母だった。じつは、内密に幼君に青柳で休んでいてもらったのだ。

「火の玉小僧が参ったぞ」

幼い藩主が言った。老中は悪口のようなことを言っていたが、愛らしくいかにも聡明そうな少年ではないか。

「ならばわたしは火消し婆ですぞ」

新間の方が言った。

「負けるものか」

藩主が新間の方の胸のなかへ飛び込んだ。

それを抱きとめた新間の方の顔は、まさに優しげで、深い慈愛に満ちた母の顔であった。

十一

江戸の空にようやく雨がやって来た。

土砂降りに近い雨だった。

それが三日三晩降りつづけ、翌日から重さを感じるほどの曇り空になった。いつ降ってもおかしくない。じっさい、数日おきに夕立があった。

いかにも梅雨の重苦しい雰囲気だった。

家々はしっぽりと濡れた。ちょっとやそっとじゃ、火はつきそうになかった。

幕閣たちをも悩ませた火事の心配は消えた。

次の心配は、出水や崖崩れだった。南町奉行の根岸肥前守も、配下の橋回り同心たちに、土手の決壊もいっしょに警戒するよう命じた。

土久呂凶四郎は、久々の非番の夜、宮尾玄四郎から、

「飲みにでも行かないか」

と、誘われた。

相棒の椀田豪蔵が、すっかり愛妻家になってしまって、まるで付き合いが悪くなってしまったらしい。

「そうだな」

と、立ち上がった。凶四郎も、基本は断われない性格である。

「じつはすでに飲んでるんだ」

宮尾は言った。確かに、少し赤くなっている。

「少しか?」

「蕪《かぶ》の漬け物がうまくて、茶碗で三杯」

「けっこう飲んでるじゃないか」

「まあな。今日は、おれがおごるよ」

「そりゃあ、ありがたい」

奉行所から出ようとすると、雨が降っているのに気づいた。大粒ではないが、視界が悪くなるくらいには降っている。

奉行所に置いてある傘を二本取って差した。どちらも、蛇《じゃ》の目《め》模様だった。

「こうも降っていると、あまり遠くには行きたくないな」

と、宮尾は言った。

「ああ、近くにしよう」

数寄屋橋を渡って見回すと、なんとあのお糸の店にうっすら明かりが灯っているではないか。

「あれ？　お糸の店に明かりが見えたな」

宮尾は言った。

「そんなことはないだろう」

凶四郎は否定した。

「いや、おれは見たぞ」

「気のせいだって」

お糸の店の前に来た。

「ほら、閉まってるだろうが」

と、凶四郎は言った。

「開くかもしれないぞ」

「それより、そっちの源助《げんすけ》の店が開いてるぜ。そっちに行こう」

凶四郎はさっさと行ってしまった。

「なんだよ。開いてるかもしれないのに」

と、戸を動かすと、かんたんにスッと開いた。

「ほら、開いた」

宮尾はなかに入った。さっき飲んだ三杯の酒が急速に回ってきた。

思わず、縁台に腰を下ろし、調理場のあたりを見た。

——え？

お糸がいた。宮尾は目をこすった。透けているみたいに白い顔。寂しそうな笑顔。

まぎれもなくお糸ではないか。

「なあに、宮尾さん。その顔は」

お糸はかすれたような声で言った。

「嘘だろ」

宮尾はいつになく酔いが深い。

この小説は当文庫のための書き下ろしです。

編集協力・メディアプレス

文春文庫

耳袋秘帖《みみぶくろひちょう》　南町奉行《みなみまちぶぎょう》と火消《ひけ》し婆《ばばあ》

定価はカバーに
表示してあります

2022年9月10日　第1刷

著　者　風野真知雄《かぜのまちお》

発行者　大沼貴之

発行所　株式会社 文藝春秋

東京都千代田区紀尾井町 3-23　〒102-8008
TEL　03・3265・1211(代)
文藝春秋ホームページ　http://www.bunshun.co.jp

落丁、乱丁本は、お手数ですが小社製作部宛お送り下さい。送料小社負担でお取替致します。

印刷製本・凸版印刷

Printed in Japan
ISBN978-4-16-791917-7

鳥羽亮
八丁堀「鬼彦組」激闘篇
暗闘七人
廻船問屋・松田屋はある藩の交易を一手に引き受けていたが、不審な金の動きに気づいた若旦那が調べ始めた矢先に殺されたという。鬼彦組が動き始める。
と-26-13

鳥羽亮
八丁堀「鬼彦組」激闘篇
蟷螂《かまきり》の男
ある夜、得体のしれない賊に襲われ殺された材木問屋の主人の遺体に残された傷跡は、鬼彦組の面々が未だ経験したことのない形状だった。かつてない難敵が北町奉行所に襲いかかる！
と-26-14

鳥羽亮
八丁堀「鬼彦組」激闘篇
奇怪な賊
大店に賊が押し入り番頭が殺され、大金が盗まれた。中からは厳重に戸締りされていて、完全密室状態だった。そしてまた別の店が——一体どうやって忍び込んだのか！　奴らは何者か？
と-26-15

鳥羽亮
八丁堀「鬼彦組」激闘篇
福を呼ぶ賊
福猫小僧なる独り働きの盗人が、大店に忍び込み、挨拶代わりに招き猫の絵を置いていくという事件が立て続けに起きた。被害にあった店は以前より商売繁盛となるというのだが……。
と-26-16

鳥羽亮
八丁堀「鬼彦組」激闘篇
強奪
日本橋の薬種問屋に盗賊が入った。被害はおよそ千二百両ほど。ところが翌朝その盗賊たちが遺体で発見された。一体何が起きたのか？　仲間割れか？　鬼彦組に探索の命が下った。
と-26-17

鳥羽亮
八丁堀「鬼彦組」激闘篇
餓狼剣
またしても、大店に凶賊が押し入り、番頭を無残にも斬り殺して大金を奪い去った。斬り口から判断するにかなり腕の立つ剣術家のようだ……。奉行より探索を命じられた鬼彦組は……。
と-26-18

鳥羽亮
八丁堀「鬼彦組」激闘篇
斬鬼たち
日本橋川の際で大店の主たちが無残にも斬り殺された。手口からみると、やったのはかなり腕のたつ武士のようだ。半年前の事件に似ていたと睨んだ鬼彦組は前の事件を調べ直し始めた。
と-26-19

（　）内は解説者。品切の節はご容赦下さい。

藤井邦夫
偽久蔵
新・秋山久蔵御用控（八）
南町奉行所吟味方与力の秋山久蔵の名を騙り、谷中の賭場で貸元から始末金を奪った男が現れた。男は次々と悪事を働き始めるが……。偽者の目的とその正体とは？　シリーズ第8弾。
ふ-30-43

藤原緋沙子
紅染の雨
切り絵図屋清七
武家を離れ、町人として生きる決意をした清七。与一郎や小平次らと切り絵図制作を始めるが、紀の字屋を託してくれた藤兵衛からおゆりの行動を探るよう頼まれて……新シリーズ第二弾。
ふ-31-2

藤原緋沙子
飛び梅
切り絵図屋清七
父が何者かに襲われ、勘定所に関わる大きな不正に気づく清七。武家に戻り、実家を守るべきなのか。切り絵図屋も軌道に乗ったばかりだが——。シリーズ第三弾。
ふ-31-3

藤原緋沙子
栗めし
切り絵図屋清七
二つの殺しの背後に浮上したある同心の名から、勘定奉行の関わる大きな陰謀が見えてきた——大切な人を守るべく、清七と切り絵図屋の仲間が立ち上がる！　人気シリーズ第四弾。
ふ-31-4

藤原緋沙子
雪晴れ
切り絵図屋清七
勘定奉行の不正を探るため旅に出ていた父が、消息を絶った。父の無事を確かめられるのは自分しかいない——清七は切り絵図屋を仲間に託し、急遽江戸を発つ。怒濤の展開の第五弾。
ふ-31-5

藤原緋沙子
冬の虹
切り絵図屋清七
繁盛する紀の字屋を恨む同業者の近江屋が、悪徳商売で店の乗っ取りをはかっているという噂がたつ。一方仲間が身に覚えのない罪で捕まり——。大人気書下ろしシリーズ、最終巻。
ふ-31-6

（　）内は解説者。品切の節はご容赦下さい。

山本兼一
花鳥の夢
安土桃山時代。足利義輝、織田信長、豊臣秀吉と、権力者たちの要望に応え「洛中洛外図」「四季花鳥図」など時代を拓く絵を描いた狩野永徳。芸術家の苦悩と歓喜を描く。　（澤田瞳子）
や-38-6

山本兼一
夢をまことに（上下）
近江国友の鉄炮鍛冶の一貫斎は旺盛な好奇心から、江戸に出て、失敗を重ねながらも万年筆や反射望遠鏡を日本で最初に作り上げる。江戸に生きた稀代の発明家の生涯。　（田中光敏）
や-38-8

山本周五郎・沢木耕太郎 編
裏の木戸はあいている
山本周五郎名品館Ⅱ
今なお読み継がれる周五郎の作品群から選び抜かれた名品。「ちいさこべ」「法師川八景」「よじょう」「榎物語」「こんち午《うま》の日」「橋の下」「若き日の摂津守」等全九編。　（沢木耕太郎）
や-69-2

山本周五郎・沢木耕太郎 編
寒橋（さむさばし）
山本周五郎名品館Ⅲ
周五郎短編はこれを読め！　短編傑作選の決定版。「落ち梅記」「人情裏長屋」「なんの花か薫る」「かあちゃん」「あすなろう」「落葉の隣り」「釣忍」等全九編。　（沢木耕太郎）
や-69-3

山本周五郎・沢木耕太郎 編
将監《しょうげん》さまの細みち
山本周五郎名品館Ⅳ
時代を越え読み継がれるべき周五郎短編傑作選最終巻。「野分」「並木河岸」「墨丸」「夕靄の中」「深川安楽亭」「ひとごろし」「つゆのひぬま」「桑の木物語」等全九編。　（沢木耕太郎）
や-69-4

谷津矢車
おもちゃ絵芳藤
歌川芳藤に月岡芳年・落合芳幾・河鍋暁斎ら個性溢れる絵師が、幕末から明治の西欧化の波に抗い苦闘する。絵師の矜持と執念に迫る、歴史時代作家クラブ賞作品賞受賞作。　（岡崎琢磨）
や-72-1

夢枕　獏
陰陽師《おんみょうじ》　酔月《すいげつ》ノ巻
我が子を食べようとする母、己れの詩才を恃むあまり虎になった男。都の怪異を鎮めるべく今日も安倍晴明がゆく。四季の花鳥風月の描写が日本人の琴線に触れる大人気シリーズ。
ゆ-2-27

（　）内は解説者。品切の節はご容赦下さい。

夢枕 獏
陰陽師《おんみょうじ》 蒼猴《そうこう》ノ巻
神々の逢瀬に歯噛みする猿、秋に桜を咲かせる木、蝶に変わる財物――京の不思議がつぎつぎに晴明と博雅をおとなう大人気シリーズは、いよいよ冴え渡る美しさ、面白さ。
ゆ-2-30

夢枕 獏
陰陽師《おんみょうじ》 螢火《ほたるび》ノ巻
今回は、シリーズを通してサブキャラ人気ナンバーワンで、晴明の好敵手にして、いつも酒をこよなく愛する法師陰陽師・蘆屋道満の人間味溢れる意外な活躍が目立つ、第十四弾。
ゆ-2-33

夢枕 獏
おにのさうし
真済聖人、紀長谷雄、小野篁。高潔な人物たちの美しくも哀しい愛欲の地獄絵。魑魅魍魎が跋扈する平安の都を舞台に鬼と女人と恋する男を描く、「陰陽師」の姉妹篇ともいうべき奇譚集。
ゆ-2-26

吉村 昭
磔（はりつけ）
慶長元年春、ボロをまとった二十数人が長崎で磔にされるため引き立てられていった。歴史に材を得て人間の生を見すえた力作。「三色旗」「コロリ」「動く牙」「洋船建造」収録。（曾根博義）
よ-1-12

吉村 昭
虹の翼
人が空を飛ぶなど夢でしかなかった明治時代――ライト兄弟が世界最初の飛行機を飛ばす何年も前に、独自の構想で航空機を考案した二宮忠八の波乱の生涯を描いた傑作長篇。（和田　宏）
よ-1-50

渡辺仙州
三国志博奕《ばくち》伝
三国時代の呉を舞台に、博奕の力・奕力《イーリー》を持った男と、不思議な呪術で甦った三国志の英雄たちが、超立体ヴァーチャルリアリティの世界で奇想天外なギャンブル対決を繰り広げる。
わ-21-1